MICHAEL BERMINÉ

DAS LÄCHELN DER HÖLLE

HORRORGESCHICHTEN

Inhaltsverzeichnis

FSC
www.fsc.org
MIX
Papier aus verantwortungsvollen Quellen
Paper from responsible sources
FSC® C105338

Bibliografische Information der Deutschen Bibliothek:
Die Deutsche Bibliothek verzeichnet diese Publikation in der Deutschen Nationalbibliothek; detaillierte bibliografische Daten sind im Internet über http://dnb.ddb.de abrufbar.

Herstellung und Verlag:
Books on Demand GmbH, Norderstedt

ISBN: 978-3-8482-0441-0

DAS LÄCHELN DER HÖLLE

I. Was bis zum Besuch im Krankenhaus geschah

Schon als ich Kristian Hargrimmson zum ersten Mal sah, fühlte ich, dass mit ihm das Unheil nach Thularstad kam. Wobei es korrekt ausgedrückt heißen muss: ein *weiteres* Unheil. Denn wir hatten ja vorher bereits Olaf Olafson – und der war mehr als ausreichend für die rund fünfundzwanzigtausend Seelen unseres Städtchens.

Was genau ich bei meiner ersten Begegnung mit Hargrimmson spürte und wodurch dieses Gefühl, diese Vorahnung, ausgelöst wurde? Die Antwort wird lächerlich erscheinen, denn der Mann sprach an jenem denkwürdigen Tag kein einziges Wort zu mir. Er grüßte mich noch nicht einmal durch ein Nicken, obwohl ich mein Ordensgewand trug. Sicherlich, das ist im Süden Schwedens inzwischen genauso normal wie in vielen Gegenden der Welt – und im Gegensatz zu vielen meiner Kollegen empfinde ich das nicht schlimm. Ja, ich bin Priester, aber ich bin nicht etwas Höheres als andere Menschen, dem man automatisch mit Ehrfurcht begegnen muss. Die Achtung und Sympathie der Menschen muss man sich erdienen.

Kristian Hargrimmson lief schnurstracks an mir vorbei, die weißlich-blauen Augen strikt nach vorne gerichtet, das hagere Gesicht ein Gespinst von Furchen, eine schmerzliche Konzentration verratend, der Gang hölzern und angespannt, seine Zähne sicher hinter den Lippen verborgen. Etwas ging von ihm aus, das mich unwillkürlich würgen ließ, weil sich ohne Vorwarnung ein abscheulicher Frostatem *unter* meiner dicken Winterkleidung auszubreiten schien. Glücklicherweise nahm er keine Notiz von meinem peinlichen Verhalten.

Drei Tage später begegneten sich Olaf Olafson und Hargrimmson zum ersten Mal. Das war der Anfang vom Ende …

Olaf Olafson

Wer das eigentlich ist? Man sollte besser fragen, wer er gewesen war. Heute ist er … *weniger* als früher; ja, ich denke, so ist es treffend ausgedrückt.

Olaf Olafson gibt den Ton an in Thularstad – immer noch, denke ich – wenn auch niemand wissen kann, wie lange das noch so bleibt, nun, da alles anders geworden ist.

Er hat jedenfalls überall seine Finger drin. Sein äußeres Auftreten ist ruhig und seriös, solange man ihm nicht in die Quere kommt. Leider ist es nicht sonderlich schwer, Olafson in die Quere zu kommen, da seine Launenhaftigkeit beispiellos ist. Stets hält er ein paar üble Gesellen in der Hinterhand, die seinen Wünschen nur allzu bereitwillig brutalen Ausdruck verleihen, dumpfe Schläger, die von seiner intelligenten Rücksichtslosigkeit angezogen wurden. Wie heidnische Götzendiener von einer schrecklichen Götterstatue.

Viele von Olafsons Opfern schütteten mir ihr Herz aus unter dem Schutz der Beichte, so dass ich einen ziemlich guten Eindruck vom tatsächlichen Wirken dieses fadenscheinigen Ehrenmanns unserer Gemeinde gewinnen konnte. Er versäumt nie einen Gottesdienst, doch gleitet der Inhalt meiner Predigten stets an seiner finsteren Seele ab. Solche Leute lassen mich schaudern …

Wer zum Beispiel hatte Inga, die Tochter der Björnsons, in die Heroinabhängigkeit geleitet? Olaf Olafson! Sie beichtete es mir in einem ihrer wenigen lichten Momente. Sie verbot mir, das jemals ihren Eltern zu erzählen. Sie hatte zuviel Angst um die beiden …

Olaf ist groß und breitschultrig. Beinahe wie einer dieser amerikanischen Catchgiganten. Er trägt teure Designerkleidung. Sein strohblondes, stoppelkurzes Haar und sein verwegen geschnittenes Gesicht verleihen ihm ein aggressiv-attraktives Flair, dem man sich schwer entziehen kann. Ja, er hat Charme, das ist nicht zu leugnen. Den hat der Teufel allerdings auch …

Olaf Olafson ignoriert man nicht

Das musste Kristian Hargrimmson auf die harte Tour lernen. Seine hagere, in einen mausgrauen Mantel eingeschnürte Gestalt erregte Olafsons Neugier und Missfallen, als ihm der neue Bürger Thularstads zufällig in einer Nebenstraße begegnete. Und ihn beinahe umrannte.

„Was für einen leeren Deppenblick dieser Kerl vor sich hertrug, unglaublich, Pastor!", ereiferte sich Olafson, als ich ihn heute Nachmittag im Krankenhaus besuchte. Gestenreich schilderte er mir seine Version der Geschehnisse. „Dieses hohle Stieren hätte alleine ausgereicht, um mich zu reizen, aber dass der Lump einfach durch mich durchlatschen wollte, konnte ich ihm nicht durchgehen lassen. Ich verlange Respekt!"

Wofür?, dachte ich im Stillen, während ich ihm weiter angewidert zuhörte.

„Ich hab also Gunnar zugezwinkert, damit der dem Lump eine kleine Lektion in guten Manieren gibt. Gunnar ist darin sehr geschickt … *gewesen*."

Es wunderte mich nicht, dass sich Olaf Olafson nicht selbst die Finger schmutzig gemacht hatte. Mindestens einer seiner drei Stammschläger, Gunnar, Mikka und Ansgar, umkreiste ihn stets wie ein Trabant seinen Planeten, wenn sich der blonde Riese im Freien bewegte.

„Ja, Gunnar hat ihn angerempelt und ermahnt, besser die Augen offen zu halten, damit er in Zukunft nicht wieder einen honorigen Bürger wie mich, Olaf Olafson, umrennt."

„Und wie hat Hargrimmson reagiert?"

„Verdutzt. Als ob er aus dem Tiefschlaf gerissen worden wäre. Er nuschelte so was wie ‚Kenne ich nicht. Interessiert mich auch nicht' zwischen seinen kaum geöffneten Lippen hervor."

„Was deiner Ansicht nach die falsche Antwort war."

„Selbstredend. Geht ja kaum noch falscher, oder? Gunnar versetzte ihm einen derart heftigen Stoss, dass der Kerl weit auf die Fahrbahn geschleudert wurde. Ein ziemlich großer LKW kam mit mächtig Tempo die Straße runter. Hargrimmson musste sich ziemlich sputen mit dem Hochrappeln. Sein Krabbeln sah so total lachhaft aus, dass Gunnar und ich uns schier kringelten vor Lachen. Leider hat der Lump es rechtzeitig gepackt … wenn nicht, dann wäre mir so manches erspart geblieben. Vor allem *das hier*! Gottverfluchter Hargrimmson! Weißt du, was er rief, als er auf der anderen Straßenseite in Sicherheit war? ‚Seid froh, dass ich es nicht mehr mache! Sonst würde es euch übel ergehen!', das waren seine blödsinnigen Worte. Und er hielt sich dabei die Hand vor den Mund. Damals dachte ich, er hätte wohl irgendwie was abbekommen durch den Stoss – sowohl an den Lippen als auch im Oberstübchen. Heute ahne ich die wahren Gründe dafür!"

Olafsons Gesicht war während des Erzählens puterrot angelaufen. Eisiger, fast schon flockiger Schweiß glitzerte ungesund auf seinen solariumgebräunten Wangen. Obwohl er es nicht im Geringsten verdient hatte, fuhr ich ihm beruhigend über die Haare, denn Gott verlangt von seinen Priestern auch den Schlimmsten gegenüber Gnade. Für ein oder zwei Sekunden genoss er meine Trost spendende Berührung – bis er sich erinnerte, wer er war.

Drohend grummelnd schlug er meine Hand zur Seite. Olaf Olafson ist noch immer sehr stark – und deshalb war mein ganzer rechter Arm augenblicklich wie gelähmt! Ich bin ein geduldi-

ger Diener Gottes, doch das war zuviel! Wütend erhob ich mich (und gelangte so aus seiner Reichweite) und sagte: „Du benötigst meinen geistlichen Beistand offenbar nicht länger, Olafson. Zum Verprügeln stehe ich dir ganz gewiss nicht zur Verfügung!"
Hätte er ein einziges dummes Wort gesprochen – ich wäre auf der Stelle gegangen. Aber wie hätte ich ihn verlassen können angesichts der abgründigen Verzweiflung, die sich in seine eben noch so brutalen Gesichtszüge hineinwucherte? Noch bevor er anfing, mich geradezu anzubetteln, ihn nur nicht alleine zu lassen, wurde mir klar, dass ich noch bleiben musste.
Als sich Olafson schließlich etwas beruhigt hatte, forderte ich ihn auf, mit seiner Beichte fortzufahren. Das tat ich zum Teil auch eigennützig, um endlich zumindest einige meiner Wissenslücken über die ganzen dramatischen Vorgänge schließen zu können. Es überraschte mich nicht, dass er als nächstes auf die Villa zu sprechen kam.

Die alte Villa Johannson in der Kirkjastrad

Seit Jahren schon war sie Olaf Olafsons Traumhaus gewesen. Pech für ihn, dass sie ausgerechnet Richter Johannson gehörte. Der alte, sture Jurist hatte sich über ein Jahrzehnt lang als absolut unempfänglich für Olafsons überteuerte Preisangebote erwiesen. Der verkniff es sich zähneknirschend, auf andere Art Druck auf den Richter auszuüben, denn das hätte seine perfekt getarnten illegalen Geschäfte in Gefahr gebracht. Olafson war viel zu raffiniert, um sich selbst ins Fadenkreuz der Polizei zu rücken. So hieß es warten, so schwer ihm das auch fiel.
Schließlich verschied Johannson unerwartet. Seine in Norwegen lebende Tochter Inga reiste zur Beerdigung an, brachte das Zeremoniell hinter sich und entschied sich dann rasch, das Haus dem Meistbietenden zu verkaufen. Olafson war siegessicher. Auch wenn er die Frau nicht persönlich kannte und nicht wissen konnte, ob der Richter vielleicht irgendwann schlecht von ihm und seinen penetrantem Kaufersuchen geredet hatte.
„Da ich nicht ahnen konnte, was der Alte ihr erzählt hatte, entschloss ich mich dazu, mein vorhergehendes Kaufpreisangebot auf volle hunderttausend aufzurunden. Ich wollte die Villa schließlich unbedingt haben. Da wäre es unglaublich dämlich gewesen, auf die plumpe Tour zu feilschen, Pastor. Alles war perfekt geplant – und dann kommt mir dieser unverschämte Lump schon wieder in die Quere!"
„Ja, das war in der Tat überraschend. Niemand hätte gedacht, dass Hargrimmson über die finanziellen Mittel verfügt, um ein Haus zu erwerben, ganz zu schweigen von der Villa. Schließlich war er Mieter eines winzigen Zimmers bei der Witwe Lumquist", erinnerte ich mich.
„Weiß der Teufel, woher er das Geld hatte! Jedenfalls kam er gerade aus der Villa raus, als ich reingehen wollte. Ich hab den Braten selbstverständlich – sein feiner Anzug und die Aktentasche unter seinem Arm – sofort gerochen und ihm geraten, sich mein Haus ganz schnell aus dem Kopf zu schlagen. Sonst würde es ihm schlechter ergehen als beim letzten Mal!"
„Und was hat er darauf erwidert, Olaf?"
„Im ersten Moment hatte er die Hosen gestrichen voll, da bin ich ganz sicher. Murmelte etwas, dass er ja nichts von meinem Interesse an diesem Objekt gewusst hätte. Ich schlug ihm dann höflich vor, sein Angebot auf der Stelle wieder zurückzuziehen.
Da wurde der Hundesohn trotz seines Bammels störrisch. Er meinte, dass ich mir ja keine Sorgen machen müsste, wenn mein Preis hoch genug sei. Dass ich es doch Inga Johannson

überlassen solle, an wen sie verkauft. Er würde es akzeptieren, wenn er der Verlierer sein sollte. Ich hab ihm vor Augen geführt, dass er auf jeden Fall verlieren wird, weil die Villa mir zusteht."

„Eine erneute Respektlosigkeit, deiner Definition nach", kommentierte ich und konnte mir den ironischen Unterton nicht verkneifen.

„Spar dir das Lästern! Darf man eigentlich als Mann Gottes die Schwäche eines Mitmenschen so schamlos ausnutzen?", zischte Olafson wütend. Sein Zorn verrauchte jedoch gleich wieder und wich einer unterschwelligen Furcht. Seine Augen suchten für eine Minute hektisch das Krankenhauszimmer ab, bevor er weiter sprach: „Na schön, wenn du dich gut dabei fühlst. Hauptsache, du hörst mir weiter zu."

Ich nickte.

„Obwohl ich fast vor Wut explodierte, verkniff ich mir eine sofortige Strafaktion. Wenn Inga Johannson aus dem Fenster gesehen und etwas davon mitbekommen hätte, wären meine Chancen gesunken. Aber Fortuna stand mal wieder auf meiner Seite, denn noch in der gleichen Nacht – haha!"

„Erhielt Kristian Hargrimmson seine Lektion …"

„Nicht sehr klug von diesem Lump, sich im Dunkeln herumzutreiben. Thularstad ist ein gefährliches Pflaster für gewisse Leute. Gunnar und Mikka haben ihn ordentlich verdroschen, bevor er wusste, wie ihm geschah. Hätte ich geahnt, was das alles an Unglück auslöste, hätte ich ihnen befohlen, den Kerl gleich kaltzumachen!"

Angewidert (und für einen Augenblick grenzenlos unvorsichtig) fragte ich: „Und das hätte dir keinerlei Gewissenbisse bereitet?"

„*Bisse*? Verdammt! Achte gefälligst auf deine Wortwahl!", ereiferte sich Olaf Olafson und stöhnte vor Schmerz. Seine Hände krochen suchend unter der Decke herum. Bei dem Anblick wurde mir übel.

„Entschuldige bitte, das war keine Absicht, Olaf … wirklich nicht."

„Na schön, ich will's mal glauben!", schnaubte er. „Ist ja auch egal. Weiter im Text! Also, meine beiden Freunde hatten ihm gründlich eingebläut, was er im Bezug auf die Villa zu lassen hatte. Als sie von ihm abließen, war er ganz schön verbeult und blutig. Gunnar berichtete mir, dass er die ganzen Schläge wortlos – aber nicht lautlos, haha! – eingesteckt hatte. Erst als meine Freunde bereits am Gehen waren, nuschelte Hargrimmson mit kaum merklichen Lippenbewegungen: ‚Olafson ist schuld. Bestellt ihm das! Er ist schuld daran, dass ich es wieder tun werde!'. Mikka versprach, mir das auszurichten, und trat ihm noch zweimal in die freche Fresse."

„Hört sich doch an, als ob es für dich perfekt gelaufen wäre."

„Aber es ging alles schief! Und Selma hab ich auch verloren!"

Ein geißelnder Blitz durchfuhr mich: Selma! Allein schon ihren Namen aus seinem schmutzigen Mund hören zu müssen. Ärgerlich rügte ich Olafson: „Du redest wirr durcheinander! Bleib erst mal beim Thema Villa!"

„Na schön! Also … ich weiß bis jetzt nicht, wie Hargrimmson es angestellt hat. Jedenfalls … drei Tage später hielt Johannsons Tochter sozusagen die offizielle, in der Zeitung annoncierte Käuferaudienz ab. Jeder, der *meine* Villa erwerben wollte, durfte sein Angebot abgeben. Viele kamen nicht, denn es war inzwischen überall bekannt, dass ich mehr als interessiert an dem Haus war und es gar nicht schätzte, wenn jemand das ignorierte. Gut, wenn die Leute parie-

ren. Gunnar und Mikka ließ ich – sozusagen als Gedächtnisstützen – draußen vor der Tür, während ich zur Johannson ging. Während ich erneut mit Inga, dieser geldgierigen Pute, sprach und noch mal Hunderttausend draufsattelte, schaute ich ab und zu zum Fenster hinaus. Und wen sehe ich da? Hargrimmson Hundesohn! Meine beiden Getreuen rückten ihm selbstverständlich sofort auf die Pelle … doch dann …"
„Was dann, Olaf?", hakte ich ungeduldig nach.
„Dann … anstatt ihn zu verprügeln, schienen die beiden auf einmal ein … angeregtes Schwätzchen mit ihm zu halten. Wie drei alte Kumpels standen sie da beieinander. Mir platzte fast der Kragen! Ich witterte schändlichen Verrat! Unter dem Vorwand, mir sei plötzlich übel und ich müsste mein Magenmittel aus dem Auto holen, verließ ich die Johannson und stürmte hinaus auf die Straße, wo sich lediglich noch mein Widersacher befand! Gunnar und Mikka, diese scheinbar treulosen Kerle, waren einfach verduftet!"
„Und was tat Hargrimmson?"
„Stand ruhig da und hielt sich die Hände vor den Mund, als ob er ihn vor der Kälte abschirmen wollte, während ich völlig außer mir auf ihn zustürmte. Ich hatte alle Vorsicht abgelegt und war erfüllt von dem Wunsch, ihn gründlich zu vertrimmen! Er wusste das. Ich konnte es in seinen Augen sehen. Doch alles was er tat, war … zu lächeln."
„Zu lächeln? Eigenartig! Und das hat dich allen Ernstes gestoppt?"
„Glaube mir, Pastor, solch ein Lächeln hast du noch nie gesehen. Ich kann mich bis jetzt nicht erinnern, wie sein Lächeln eigentlich ausgesehen hat. Jedenfalls hat es mich völlig aus der Bahn geworden! Es war … *grandios*!", jaulte Olafson, angewidert von sich selbst.
„Das scheint mir jetzt aber zu fantastisch!"
„Ach ja? Mir auch. Dennoch ist das nächste, an das ich mich erinnere, der Moment, als sie mich aus der städtischen Kläranlage zogen. Grässlich! Wie ich dorthin gekommen bin, weiß ich bis heute nicht! Da schwante mir zum ersten Mal, dass mir dieser Hargrimmson wirklich gefährlich werden konnte."
„Und du hattest großes Glück, dass dir überhaupt noch etwas schwanen konnte, Olaf!", erwiderte ich und bekam eine Gänsehaut bei der Erinnerung an das, was man noch im Klärbecken gefunden hatte.
„Oh ja! Ein Riesenglück! Für Gunnar und Mikka, diese armen Schweine, kam jede Hilfe zu spät."
Die Zeugenbefragungen der Polizei ergaben, dass Olafsons Schläger etwa fünfzehn Minuten vor ihm in die stinkenden Fluten des Beckens gehüpft waren, glücklich lachend, sich an den Händen haltend wie zwei Frischverliebte. Und nicht aufzuhalten.
Olaf Olafson hatte nur deshalb überlebt, weil drei Mitarbeiter des Klärwerks noch beim Becken standen und auf das Eintreffen des Klärtauchers warteten, der alarmiert worden war, um die Leichen der beiden Selbstmörder zu bergen. Obwohl die Mitarbeiter noch unter Schock standen, weil sie Gunnars und Mikkas Todessprung nicht verhindern konnten, gelang es ihnen, Olafson mit einer Stange vor dem Ertrinken zu retten.
„Ja, Pastor. Ich musste mit ansehen, wie dieser Taucher meine toten Leute hochbrachte und vor den inzwischen eingetroffenen Bullen hinlegte, damit die sie begutachten konnten und Gelegenheit hatten, ungläubig ihre hohlen Köpfe zu schütteln. Da schwante es mir."
„Was, Olaf?", fragte ich, als er nicht weiter redete.
„Na, dass Hargrimmson brandgefährlich war. Lebensgefährlich. Dass ich nur haarscharf dem

Sensenmann entkommen war. Dass … dieser Hundesohn mir über war. Er konnte killen, ohne eine Waffe zu benutzen. Keine Ahnung wie, aber er konnte es. Hypnose oder so was. Mir wurde rasch klar, dass ich … *speziell*e Hilfe benötigte."
„*So* kann man es auch umschreiben."
„Herrgott, es ging um meinen Arsch, Pfaffe! Ich hatte Schiss wie nie zuvor!"
Und ich gönnte ihm das, auch wenn es nicht sehr christlich sein mochte. Doch ich hatte nicht vergessen, was mir von vielen meiner Schäfchen im Beichtstuhl anvertraut worden war. Nichts davon. Kein einziges Wort.
Wer steckt tatsächlich hinter den Schutzgelderpressungen im Industriegebiet, die den vier Drunson-Brüdern, Olafsons einst schärfsten Konkurrenten, zur Last gelegt wurden? Olaf Olafson! Eric Drunson, einziger Überlebender der Schießerei mit der Polizei, hatte mir das im Gefängnis gestanden. Eine Woche später war er tot. Angeblich ausgerutscht beim Duschen. Genickbruch …
„Warum hast du es nicht selbst getan?"
„Das Beichtgeheimnis gilt doch weiter, oder?"
„Gewiss, Olaf. Mein Wort gilt, auch wenn du mir gleich noch so unappetitliche Dinge erzählen wirst."
„Deinen Job könnte ich nicht machen, Pfaffe. An solch schwachsinnige Regeln könnte ich mich nie und nimmer halten!", höhnte Olaf. Er lief gerade wieder zu seiner alten Form auf.
„Für dich immer noch Pastor!", fuhr ich ihn an. „Sag nur noch einmal Pfaffe zu mir und ich gehe – und verweigere dir die Absolution. Letzteres kümmert dich vielleicht nicht, aber ich glaube, du erträgst momentan das Alleinsein nur sehr schwer, nicht wahr?"
Zu meinem Erstaunen wimmerte er, offenbar erschüttert von der bloßen Vorstellung, allein zu sein. „Nein, nur das nicht! Entschuldige, Pastor. Bleib hier. Bitte bleib hier."
„Na gut. Erzähle weiter. Wie war das mit deinem Helfer?"

Der Spezialist

Olafson schnaufte angestrengt. „Kaum war ich zuhause, griff ich mir meinen Notfallkoffer – den hab ich immer gepackt für den Fall der Fälle –, und nahm den Ferrari, um zu verduften. Ich konnte kaum fahren, solange ich noch in Thularstad war. Panisch hielt ich nach Hargrimmson Ausschau, sah ihn im Geiste schon aus einem Gebüsch oder einer Grundstückseinfahrt auf die Straße springen, um mir endgültig den Garaus zu machen. Zweimal fuhr ich über eine rote Ampel. Ein Wunder, dass ich keinen Unfall baute. Ich flennte beinahe, als ich endlich das Ortschild passierte, ohne dass mir dieser gespenstische Geselle über den Weg lief. Erst als ich eine Stunde weit weg war, ging es mir langsam besser. Da fiel mir auch zum ersten Mal ein, dass ich überhaupt nicht an Selma dachte. Noch nicht einmal eine Nachricht hatte ich ihr hinterlassen. Ich quasselte ihr schnell ein paar Worte auf ihre Mailbox, während ich weiterfuhr."
„Du warst über eine Woche weg, nicht wahr? Du hast sonntags in der Kirche gefehlt. Ich erinnere mich genau."
„Ja, ich war neun Tage weg, an einem sicheren Ort, den nur ich kenne. Ich brauchte Zeit – nicht nur, um jemand geeigneten zu kontaktieren, sondern auch, um überhaupt mal wieder einen klaren Gedanken zu fassen. Vor lauter Schiss dachte ich nämlich wirklich zeitweise daran, einfach nicht mehr zurückzukommen. Sollte Hargrimmson doch in der Villa Johann-

son sitzen und sich den Arsch ab- und wieder dran freuen. Hauptsache, ich war am Leben."
„Das hört sich vernünftig für mich an, Olaf."
„Unsinn! Memmengedanken waren das! Zum Glück kam ich schon am nächsten Tag wieder zu mir und fing an, Pläne zu schmieden. Fäden zu ziehen. Man muss sehr vorsichtig sein in solchen Angelegenheiten. Ein wahrer Eiertanz. Geduldig wie ein Stein musst du da sein, Pastor. Glaub mir, das fiel mir noch schwerer als unter normalen Zuständen. Es ging aber alles glatt. Mein Vertrag mit – nennen wir ihn … Herrn X – stand schließlich."
„Ist Herr X teuer?"
„Sauteuer, aber jede Krone wert."
„Qualität hat wohl überall ihren Preis, wie, Olaf? Warum hast du es eigentlich nicht selbst getan? Das hätte dir doch eine Menge Geld gespart", neckte ich ihn. Ich konnte es mir einfach nicht verkneifen.
„So was macht man doch nicht selber, Pastor. Oder nur im alleräußersten Notfall, verstanden? Es war absolut notwendig, jemanden dafür anzuheuern. Außerdem: Ich hatte nicht die Absicht, Hargrimmson noch einmal unter die Augen zu treten. Sonst hätte er Gelegenheit dazu bekommen, wieder einen seiner komischen Tricks abzuziehen. Mit einem Gewehr kann ich auch nicht umgehen, nur mit einer Pistole. Letzteres wäre mir viel zu dicht gewesen. Bei dem und seinem sonderbaren Lächeln blieb man besser soweit weg wie möglich. Nein, nein, glaube mir, ich hab die Sache genau richtig angegangen."
Stolz sah er mich an. Das machte mich wütend. Dieser Verbrecher bildete sich auch noch etwas ein auf sein Tun! Deshalb erwiderte ich: „Einerseits sicherlich. Andererseits hat Hargrimmson in diesen neun Tagen einiges vollbracht. Wärst du hier gewesen, dann …"
„Ja! Ja! Besserwisser! Wäre ich da gewesen, dann hätte er vielleicht die Villa Johannson nicht bekommen. Und ich hätte vielleicht Selma noch!", brüllte er, nun völlig außer sich. Zornestränen rannen seine Wangen hinunter. Ich war erstaunt. Jedoch war Selma schon immer sein Schwachpunkt. Und ebenso meiner …

Selma Lugast

Rabenschwarzes Haar. Blutrote Lippen. Grüne Katzenaugen. Marilyn-Monroe-Figur. Bezaubernd. Unwiderstehlich. Und verdorben auf eine sehr reizende Art. So etwas sollte man als Mann des Glaubens vielleicht nicht sagen – am besten wohl gar nicht denken. Aber es ist unmöglich, etwas *nicht* zu denken. Selbst ein Heiliger kann das nicht, da bin ich mir sicher.
Selma zog vor etwa zehn Jahren nach Thularstad. Da war sie siebzehn und verdrehte den Kerlen reihenweise den Kopf. Auch mir. Doch ich hatte keine Chance bei ihr. Meine schüchternen Annäherungsversuche amüsierten sie, doch fairerweise gab sie mir bald zu verstehen, dass sie mich mochte. Als Freund. Nicht mehr. Aber immerhin.
„Weißt du, es liegt nicht daran, dass du Pastor bist, Björn. Oder schlecht aussiehst. Ganz im Gegenteil. Du bist mir einfach zu *brav*. Ich verliebe mich nur in einen Gauner … einen Schurken, atemberaubend … jemand, der auch gefährlich werden kann."
Ich ahnte sofort, wen sie im Sinn hatte, und warnte sie: „Pass auf, dass du dir nicht den Falschen zulegst, Selma. Ein Schurke kann auch *dir* gefährlich werden."
„Unterschätze mich nicht, Björn. Ich bin auch nicht ungefährlich. Würde ich dir erlauben, mich zu lieben, dann würdest du daran zugrunde gehen."
Ihre Worte erscheinen so melodramatisch, so völlig übertrieben, doch sind sie auf eine Art

und Weise zutreffend. Selma angelte sich Olaf Olafson, den größten und gefährlichsten Sünder weit und breit – und vollbrachte es, dass er sie nicht abwechselnd als Betthäschen und Sandsack ansah, sondern achtbar behandelte. Sie hatte all die Jahre nicht das Dasein eines bedauernswerten Gangsterliebchens geführt, wirklich nicht. Kein Wort von Misshandlung. Olaf und sie liebten sich tatsächlich, so unmöglich das Wort Liebe zu Olafson passt. Eigentlich hätte ich froh sein müssen, dass es Selma gut ging. Das gelang mir jedoch nie. Sie hatte recht gehabt. Auch sie war nicht ungefährlich, denn sonst hätte sie nicht ignorieren können, was ihr Geliebter so alles trieb ...
Während Olafsons neuntägiger Abwesenheit hatte sich allerdings alles geändert. Am dritten Tag fuhr ich nachmittags durch die Kirkjastrad. Ich kam von einem Besuch bei der alten Frau Larson und war auf dem Weg in den Supermarkt. Da sah ich auf der rechten Straßenseite Selma Lugast. Automatisch bremste ich und lenkte meinen uralten Subaru an die Bordsteinkante. Selma bemerkte mein Winken nicht. Ihr Gesichtsausdruck verriet wilde Entschlossenheit. Ihre schwarzen Haare flatterten im Wind. Sie sah aus wie eine leibhaftige Rachegöttin. Bevor ich mich versah, war sie auch schon vorbeigelaufen – und bog ab in eine Grundstückseinfahrt. Mir stockte der Atem, als ich sah, dass sie genau auf die Villa Johannson zuhielt. Nein: die Villa *Hargrimmson*!
Bevor ich einen klaren Gedanken fassen konnte – bevor ich sie aufhalten konnte – öffnete sich ihr auch schon die Tür wie von Geisterhand. Ich war gerade aus dem Auto gestiegen, als sie schon im Hausinnern verschwunden war.
Bei Gott! Mein verhängnisvolles Zögern werde ich mir nie verzeihen …
Schon zwei Tage später ging die Neuigkeit wie ein Lauffeuer durch Thularstad: Selma zog bei Olafson aus! Sie überwachte persönlich, wie vier Männer einer Umzugsfirma ihre persönliche Habe in einen grauen Transporter ein- und kurz darauf vor Hargrimmsons Villa wieder ausluden. Der graue Transporter fuhr erst ab, nachdem alles in Hargrimmsons Reich verstaut worden war.
So begeistert die Klatschmäuler diese Nachricht auch weitertratschten, manch einem oder einer war ein wenig flau dabei. Ganz zu schweigen von mir. Ich fühlte das Herannahen einer Katastrophe – und das nicht nur, weil meine tiefe Zuneigung zu Selma schmerzhaft wieder aufgeflackert war. Selbst der größte Dummkopf konnte ahnen, dass Olaf Olafson ausrasten würde, sobald er von dieser Sache Wind bekam.
Davor fürchte ich mich immer noch. Wenn Olafson erst einmal wieder auf dem Damm ist – wer weiß, was dann passiert …

Hargrimmsons Tod
passierte vor meinen Augen. Ja, tatsächlich!
Hargrimmson wusste nicht, dass ich da war.
Olaf Olafson wusste und weiß es nicht.
Olafsons Killer auch nicht, zu meinem Glück.
Warum ich Kristian Hargrimmson sterben sah?
Zufällig war ich bestimmt nicht in der Nähe, als es geschah. Nein, ganz gewiss nicht zufällig. Ich war ihm auf den Fersen, nachdem ich Selma gesprochen hatte. Von da an hatte ich mir geschworen, ihn nicht eine Sekunde mehr aus den Augen zu lassen, damit er nicht noch einmal an sie herankam. Wie ich das verhindern wollte, wusste ich nicht.

Entschuldigung. Ich werde versuchen, der Reihe nach zu erzählen, auch wenn es sehr schwierig ist.

Also: Den Tag, dem Hargrimmsons letzte Nacht folgte, hatte ich frierend im müffelnden Schuppen von Frau Löröh verbracht. Sie weilte gerade auf Mallorca. Ihr Garten liegt so, dass man einerseits einen prima Blick auf die Straße und das gegenüberliegende Grundstück Hargrimmsons hat, und ist gleichzeitig nach den restlichen Seiten so dicht zugewachsen, dass man von den Nachbargrundstücken nicht gesehen wird. Ein auffälliges Verhalten für einen Seelsorger, unbestritten. Doch die Sorge um Selma trieb mich fast in den Wahnsinn. Gleichzeitig wagte ich es nicht, einfach so an Hargrimmsons Tür zu läuten und Selmas Freilassung von ihm zu fordern. Ich musste immer an die beiden Männer denken, die lachend in die Fluten der Kläranlage gehüpft waren …

Am frühen Nachmittag wurden meine Mühen schließlich belohnt: Ein Taxi hielt vor der Villa. Hargrimmson stolzierte alleine aus der Haustür und stieg ein. Er winkte dabei in Richtung Haus. Wut und Eifersucht erfüllten mich, denn ich wusste nur allzu gut, wem er da winkte.

Kaum dass das Fahrzeug um die nächste Ecke gebogen war, stahl ich mich aus dem Gartenschuppen und überquerte mit zittrigen Schritten die Straße. Was, wenn Hargrimmson zurückkäme, weil er etwas vergessen hatte? Er würde mein Eindringen sicherlich nie verzeihen. Er würde die schrecklichsten Dinge mit mir anstellen und ungeschoren davon kommen!

Nur die Liebe zu Selma Lugast gab mir die Kraft, diese Furchtvisionen soweit zu unterdrücken, dass ich an der Tür klingeln konnte, anstatt schreiend wegzurennen. Das Klingeln erschien mir schrill und schräg. Meine Nerven waren völlig überreizt. Es schien Ewigkeiten zu dauern, bis mir geöffnet wurde. Es war Selma – und ihr Anblick ließ mich erzittern. Vor vier Tagen erst war sie in dieses Gemäuer eingezogen, doch diese kurze Zeitspanne hatte gereicht, um einen anderen Menschen aus ihr zu machen. Sie wirkte gleichzeitig krank und glücklich, anziehend und abstoßend. Es ist auch jetzt kaum zu beschreiben.

„Du, Björn? Was für eine Überraschung. Na, herein mit dir!“, meinte sie kichernd. Sie trug einen auberginefarbenen Frotteebademantel, der nach Schweiß roch. Und nach noch etwas. Zu dem Zeitpunkt wusste ich noch nicht, woher dieser zweite Duft kam. Ich kam auch nicht dazu, groß darüber nachzudenken. Unbeholfen folgte ich Selma. Ihre nackten Füße leuchteten weiß-rosa gegen das Umbra des verwitterten Fliesenbodens. Es patschte, wenn sie darauf ging. Meine Schuhsohlen hingegen knirschten, als ob ich über zahllose Schneckenhäuser liefe und sie mit meinen Schritten zermalmte. Das Geräusch ekelte mich an.

Ich wollte bereits aufatmen, als wir die Küche erreichten, doch der geschmacklose Fliesenbelag war auch hier zu finden. Mühsam ließ ich mich auf einen der drei Stühle sinken, die den quadratischen Küchentisch umstanden. Selma stellte mir ungefragt eine Tasse Kaffee hin und setzte sich dann mir gegenüber. Ihre Katzenaugen leuchteten noch intensiver als sonst, aber die dicken Augenringe, die aussahen wie mit dunkelrotem Lippenstift aufgemalt, verdarben den Anblick.

Ich nippte an dem lauwarmen Kaffee und überlegte, wie ich das Gespräch eröffnen sollte.

„Du wolltest mal nach mir schauen, wie?“, kam mir Selma zuvor. „Nur so, Björn?“

„Ich … wollte wissen, wie es dir geht.“

„Und bestimmt willst du auch wissen, warum ich nach der langen Zeit Olaf einfach so verlassen habe.“

„Ehrlich gesagt wäre ich damit zufrieden gewesen, *dass* du Olaf fallen lässt. Um das *Warum* hätte ich mir keine Sorgen gemacht."
„Du sollst es trotzdem erfahren: Ich kam hierher und wollte Kristian eigentlich zur Rede stellen wegen seiner Aktionen gegen Olaf. Ich wollte mir den Kerl anschauen, der es fertig gebracht hatte, meinen Olaf aus der Stadt zu treiben, ihn so panisch zu machen, dass er vergaß, mich mitzunehmen. Kristian öffnete mir rasch die Augen über meinen feinen Ex-Liebhaber. Ich bin tatsächlich die ganzen Jahre über so was von blind gewesen. Je länger Kristian mit mir sprach, desto klarer wurde mir alles – nicht nur im Bezug auf meine Beziehung. Viel mehr erkannte ich."
„Und das alles während *eines* Gesprächs, Selma?"
„Ich glaube – im Gegensatz zu dir – an magische Momente im Leben. Und auch an Liebe auf den ersten Blick, Björn! Das mag dir vergeistigtem Menschen naiv vorkommen, doch während Kristian Hargrimmson mit mir sprach und mich dabei anlächelte, erwachte eine solche Sehnsucht in mir, wie ich sie noch nie zuvor gespürt hatte. Dieser Mann ist einfach unwiderstehlich! Du kannst es dir nicht vorstellen!"
„Sei mir nicht böse, Selma, aber genau das bereitet mir Kummer. So vergeistigt bin ich nun auch wieder nicht, dass ich nicht wüsste, wie sich Leidenschaft – und Liebe – anfühlen." Ich hatte versucht, meiner Stimme einen neutralen Tonfall zu verleihen. Wahrscheinlich verriet mich mein Gesichtsausdruck.
„Herrgott, läufst du mir immer noch nach, Björn? Vergiss das doch endlich und such dir eine andere!"
„Ich leugne nicht, dass ich viel für dich empfinde! Auch wenn ich nie eine Chance bei dir hatte und habe. Doch das ist nicht das Thema."
„Und was ist dann das Thema? Es geht also nicht darum, dass du frustriert bist, weil Olaf endlich aus dem Rennen ist, ich aber wieder einen anderen Mann als dich liebe?"
Wütend verteidigte ich mich: „Auch meinen Frust darüber leugne ich nicht, Selma! Dass du dir aber ausgerechnet einen noch schlimmeren Satan als Olafson heraussuchen musstest, deswegen zerfressen mich die Sorgen! Muss es denn ein noch gefährlicherer Kerl sein, damit du endlich mal wieder Schmetterlinge im Bauch fühlst?"
Verblüfft lehnte sie sich auf ihrem Stuhl nach hinten und überlegte ein paar Sekunden, bevor sie antwortete: „Mein lieber Schwan: So einen heftigen Ton hätte ich dir gar nicht zugetraut. Recht hast du deshalb aber nicht. Kristian ist doch nicht gefährlich! Er ist ein ganz anderer Mensch als Olaf: charmant – leidenschaftlich – hoch gebildet in vielen Bereichen – spirituell – und noch so viel mehr. Noch nie bin ich jemandem wie ihm begegnet. Er hat mein Leben völlig verändert!"
Sie kam mir vor wie ein Schulmädchen, das sich zum ersten Mal verliebt hatte und sich in völlig übertriebenen Schwärmereien suhlte. An sich wäre das zum Schmunzeln gewesen, doch ihr kränkliches Äußeres und vor allem der süßlich-beißende Geruch, den sie verströmte und der mir von Minute zu Minute mehr in die Nase biss, machten mich fast verrückt.
„Das hört sich wirklich bescheuert an, was du da von dir gibst! Ich erkenne dich ja kaum wieder. Weißt du, wer sonst so ein euphorisches Zeug von sich gibt, Selma? Leute, die in die Fänge des Führers einer skrupellosen Sekte geraten sind!"
„Das sagt ja der Richtige! Das stört dich doch bloß dann, wenn die Leute einer anderen Sekte als deiner auf den Leim gehen!", fauchte Selma.

Getroffen erwiderte ich, meine Wut mühselig kontrollierend: „Die Schwedische Kirche ist beileibe kei- …“
„Ist doch egal! Ist mir so was von egal! Genau wie du! Ich habe wirklich keinen Bock drauf, mir dein Gelaber und deine Beleidigungen noch eine Sekunde länger anzuhören! Raus hier, auf der Stelle!“ Selma war während dieser Worte wild aufgesprungen. Ihre Augen blitzen so drohend, dass ich tatsächlich für einen Augenblick fürchtete, von ihrem Blick niedergestreckt zu werden. Lächerlich, ich weiß, doch meine Nerven flatterten inzwischen dermaßen, dass ich mich kaum noch auf dem Stuhl halten konnte. Mir war klar geworden, dass ich völlig falsch vorgegangen war. So unternahm ich einen letzten Versuch und murmelte zerknirscht: „Bitte entschuldige meine dummen Worte, Selma. Ich … meine es nur gut. Ehrlich.“
„Spar dir das, mein Lieber. Hau endlich ab! Dein Besuch hat mich aufgeregt … und erschöpft. Ich muss mich hinlegen.“
Ich hatte verloren und gab auf. Wie ein geprügelter Hund wankte ich nach draußen.
„Und halt dich in Zukunft aus meinem Leben raus, sonst wirst du's bitter bereuen!“, schrie Selma mir nach und donnerte die Tür hinter mir zu.
Deprimiert begab ich mich auf den Heimweg. Aber bereits an der nächsten Straßenecke änderte ich meinen Plan. Ich lief eine rasche Runde um den Häuserblock und nahm schließlich wieder meinen Beobachtungsposten in Frau Löröhs Gartenschuppen ein. Dass Olaf Olafsons Killer bereits seit der Mittagszeit in Thularstad weilte, ahnte ich natürlich nicht. Hargrimmson übrigens auch nicht.
Er kam so gegen halb zehn Uhr abends per Taxi zurück.
Ich fror inzwischen erbärmlich in meinem Versteck; das lag nicht nur an der Abendkühle, sondern auch an dem katastrophalen Gespräch mit Selma. Ich zweifelte nicht daran, nun auch noch ihre Freundschaft verloren zu haben.
Nun trat das ein, auf das ich elend lange gewartet hatte: Hargrimmsons Rückkehr – und jetzt wusste ich endgültig nicht mehr, warum ich eigentlich auf der Lauer lag. Was wollte ich, halb gelähmt vom Anblick dieses selbst aus der Distanz unheimlichen Mannes, eigentlich unternehmen? Meine Gedanken rasten, strauchelten, ihr sinnloses Durcheinander ließ meinen Schädel dröhnen.
Hargrimmson stellte eine Plastiktüte zu Boden und reckte und streckte sich ein wenig. Offenbar war er verspannt von der langen Fahrt. Gerade als er seine beiden Arme ganz ausgestreckt hatte und dazu noch auf den Zehenspitzen stand, geschah etwas Merkwürdiges: Die Dehnung in Hargrimmons Körper löste sich auf und er begann – zu *tanzen*. Zumindest sah es die ersten paar Sekunden so aus. Dann erst begriff ich (und vielleicht auch er), was da vor sich ging. Selmas neuer Geliebter vollführte immer unmöglichere Figuren, torkelnd und zuckend, um schließlich abrupt zu stürzen.
Ungläubig starrte ich auf den von mehreren Schüssen durchlöcherten Körper, unter dem sich rasch eine Blutlache ausbreitete. Ich wartete. Eine Minute. Zwei Minuten. Drei Minuten.
Kristian Hargrimmson rührte sich nicht.
Es wäre meine Christenpflicht gewesen, sofort einen Krankenwagen zu alarmieren anstatt zu warten.
Oder auch genau das nicht – je nachdem, wie man es sieht.
Ich versuche es so zu sehen, dass ich richtig gehandelt habe.
Meistens gelingt es mir.

Irgendwann traute ich mich dann doch aus meinem Versteck. Der Mordanschlag war noch immer unbemerkt. Olafsons Killer hatte einen Schalldämpfer benutzt. Dass ich dem gekauften Mörder ins Visier lief, war mir überhaupt nicht bewusst, während ich mich Hargrimmson näherte. Er schwamm mittlerweile geradezu in Blut, dessen eisenhaltiger Duft übermächtig war. Mir wurde schlecht, aber trotzdem ging ich weiter. Wie unter Zwang.
Kristian Hargrimmsons Augäpfel waren so verdreht, dass man nur noch das Weiße davon sah. Sein Gesicht war schmerzverzerrt. Und seine Lippen waren weit zurückgezogen. Sein dadurch entblößtes Todeslächeln jedoch war (obwohl etwas fürchterlich falsch an der Farbe und Form seiner Zähne war) irgendwie *bezaubernd*. Während ich noch mit dieser unerklärlichen Empfindung kämpfte, rollten, begleitet von einem heftigen Kopfdrehen, Hargrimmsons weiß-blaue Pupillen wieder aus ihrem fleischigen Verstecken heraus und fixierten mich. Das Lächeln wurde breiter. Für einen Moment zitterte der ganze Körper noch einmal. Dann lag Hargrimmson endlich still. Mir aber war es, als ob mein ganzes Dasein von seiner grinsenden, plötzlich mein ganzes Gesichtsfeld erfüllenden Totenfratze verschlungen würde. Wie vom Blitz getroffen sackte ich zusammen, versank tief in einer rauschenden Dunkelheit …
Wie lange ich besinnungslos war? Keine Ahnung. Jedenfalls hatte irgendjemand inzwischen die Polizei alarmiert.
Ich kam wieder zu mir, als mich jemand auf die Seite drehte und dabei besorgte Worte murmelte. Für einen kurzen Moment war ich ganz durcheinander und wusste nicht einmal, wo ich war. Das hörte auf, als mein Blick erneut auf den Leichnam Hargrimmsons fiel. Dass seine Lippen nun ganz fest zusammengepresst waren, merkte ich sofort. Der Polizist, der mir aufgeholfen hatte, drehte mich zu sich und weg von der unheimlichen Leiche. Dankbar ergab ich mich seinen professionellen Fragen und beantwortete sie so gut wie möglich. Schließlich brachte man mich nach Hause.
Todmüde stolperte ich in meine Wohnung. Nur Mantel und Schuhe streifte ich ab und warf mich aufs Bett – ohne zu ahnen, was ich da mit mir gebracht hatte.

Das grüne Buch

Erst gegen Mittag des nächsten Tages erwachte ich aus einem lähmenden Tiefschlaf, der mir kaum Erholung verschafft, sondern mich durch ungesunde Nachtmahrlandstriche gezerrt hatte.
Kraftlos schlurfte ich ins Badezimmer, duschte, ohne Erfrischung zu finden. Auch das Frühstück brachte keine Besserung.
Irgendwann hob ich meinen Mantel vom Flurboden auf. Da fiel etwas, von dem ich nicht gewusst hatte, dass es überhaupt da war, aus den Stofffalten und landete auf dem abgetretenen Teppichboden: Hargrimmsons Plastiktüte!
Erschrocken führte ich mir den rechten Handrücken in den Mund und biss darauf, um irgendwie einen klaren Kopf zu bewahren. Wie konnte das sein?
Wenn sich die Tüte nicht selbst unter meinen Mantel gehext hatte, dann musste ich sie unbewusst gegriffen haben, als ich bei dem Ermordeten ohnmächtig wurde. Ich weiß nicht mehr, welche Alternative mir unrealistischer erschien.
Aus der Tüte war etwas herausgerutscht. Ein grünes, ledergebundenes Buch.
Hargrimmsons Buch.
Es lag so, dass ich den Titel sehen konnte:

Baron Fjodor Strygatzki

COLLOQUIA INFERNALES
Erstaunliche Zwiegespräche mit einem Höllengeist

Geführt in Schloss Bodenwerder 1909-1917
Protokolliert von Ada May

Noch Wochen zuvor hätte ich über ein solches Machwerk nur amüsiert gelächelt. Nun jedoch, mit dem kalten Grauen der letzten Nacht noch in den Knochen, hob ich es mit einem bangen Gefühl auf – nur um es sofort wieder fallen zu lassen! Das Leder hatte auf meinen Fingerspitzen gebrannt wie Nesselgift …

Mein Magen rebellierte. Mein Kopf dröhnte. Was war das gewesen? War das Leder etwa mit einer Säure behandelt? Kaum dass mir der Gedanke gekommen war, stürzte ich auch schon panisch ins Bad. Minutenlang hielt ich meine Hände unter fließendes Wasser, bevor ich es wagte, sie anzuschauen. Bis auf eine leichte Rötung waren meine Finger zum Glück unversehrt geblieben. Die Neugier trieb mich wieder zurück zu meinem unerwarteten Fund.

Mit bloßen Händen wollte ich das merkwürdige Buch nicht mehr anfassen. So zog ich meine dicksten Handschuhe an und trug es in mein Arbeitszimmer. Selbst durch den Thermostoff fühlte ich das nagende Brennen des Einbands. Schaudernd ließ ich das Buch auf den alten Schreibtisch fallen.

Rasch präparierte ich zwei Pinzetten mit Weihwasser, um (hoffentlich) gefahrlos die Seiten umblättern zu können. Nachdem ich einen Schnaps hinuntergestürzt hatte, begann ich mit meiner Lektüre.

Nach etwa einer Stunde zwang ich mich zum Aufhören. Mein Kopf raste vor Schmerzen. Das lag nicht nur an dem verwirrenden okkulten Lesestoff. Eine unsichtbare Bosheit schien diesen vergilbten Seiten zu entweichen, die mir das Denken kaum möglich machte. Nichts von dem, was ich gelesen hatte, war irgendwie hilfreich gewesen. Dennoch zweifelte ich nicht einen Moment daran, dass das Buch wichtig war, um das Phänomen Kristian Hargrimmson begreifen zu können.

Rasch verließ ich das Haus, um an der frischen Luft zu neuen Kräften zu kommen. Während ich durch die menschenleeren Straßen eilte wie auf der Flucht, tauchten immer wieder die gleichen Bilder vor meinem geistigen Auge auf: Olaf Olafson, lachend, mit blitzenden Augen – Kristian Hargrimmson, von Kugeln durchsiebt, tanzend und blutend – Selma Lugast, betörend, verzweifelt – das dreimal verfluchte Buch, gebunden in grünes Leder.

Es wurde schier unerträglich. Ich wusste überhaupt nicht mehr, wohin ich ging. Unbewusst hatte ich allerdings den Ort des Verbrechens angesteuert, denn mit einem Mal verschwanden die quälenden Visionen und ich fand mich gegenüber Hargrimmsons Villa in der Kirkjastrad wieder.

„Ist Ihnen nicht gut, Herr Pastor?“

Ich fuhr zusammen, denn mir war gar nicht bewusst gewesen, dass jemand neben mir stand. Mühsam erkannte ich Erica Berling, eine der eifrigsten Kirchgängerinnen und größten Klatschtanten Thularstads. Ihr schwammiges Gesicht war ungnädig verzogen und ihre Nase schnüffelte hörbar. Gewiss roch sie meine Schnapsfahne.

„Ja, Frau Berling, in der Tat. Wahrscheinlich ist … eine Grippe im Kommen", log ich unbeholfen, aber gut genug, um sie vorsichtig einen Schritt zurücktreten zu lassen.
„Na, besser eine Grippe als das, was hier gestern Nacht und heute Morgen passiert ist, Herr Pastor."
„Und … das wäre?", fragte ich und versuchte, ehrlich erstaunt zu wirken. Während ich die Worte sprach, merkte ich erst, dass ‚heute Morgen' etwas passiert musste, von dem ich noch nichts wusste. Aber Frau Berling weidete sich erst einmal an allen Details des Mordes an Hargrimmson, die sie kannte (über die Hälfte davon waren falsch, das hätte ich ihr sagen können). Mir wurde es ständig unbehaglicher. Dieses andere Ereignis am Morgen – ich musste wissen, was da vorgefallen war. Es war wichtig. Mein Gott, ich hätte die Berling schütteln können. Warum kam sie nicht endlich zur Sache? Beherrschen. Ich musste mich beherrschen. So ballte ich meine Fäuste und biss grimmig lächelnd die Zähne zusammen und bat Gott um Hilfe, damit ich dieser unmöglichen Frau nicht an die Gurgel ging, um zu erfahren, was ich wissen musste. Nach endlosen Minuten wurde ich schließlich erlöst.
„Tja, Herr Pastor, stellen Sie sich vor: In der ganzen Aufregung dachte keiner unserer sauberen Polizisten an Hargrimmsons neues Liebchen und die Dame selbst schlief heute Nacht wie ein Stein und bekam nichts von allem mit. Heute Morgen aber: Als die Polizei sie rausklingelte und von dem Mord in Kenntnis setzte, da war was geboten, das kann ich Ihnen sagen. Die kreischte die ganze Straße zusammen – ach was sag ich: das ganze Viertel. Die ist wahnsinnig geworden, die Lugast. Als ob sie fünfzig Jahre mit dem Kerl verheiratet gewesen wäre, ts ts ts! Musste ins Krankenhaus gebracht werden. Für so was hab ich kein Verständnis. Man muss doch ein bisschen die Haltung bewahren können, nicht wahr?"
Mein Herz schien zu gefrieren – aus Besorgnis – aus Eifersucht – und da war noch ein Gefühl, das ich nicht beschreiben konnte. Letzteres war das Beunruhigendste von allen. Ich verabschiedete mich überstürzt mit einem Hinweis auf meine schlimmer werdende Grippe von der Berling und flüchtete bis zur nächsten Straßenecke.
Mein erster Impuls war, Selma Lugast im Krankenhaus zu besuchen. Dann aber entschied ich mich dagegen. Selma brauchte erst einmal Ruhe und ich – ich musste weiter in dem Buch lesen. Es war so wichtig. Unglaublich wichtig. Da war ich mir ganz sicher.
So ging ich heim. Verbissen las ich, Stunde um Stunde, bis weit nach Mitternacht, bevor mich die Erschöpfung und die zu vielen Schnäpse vom Bürostuhl auf den Boden des Arbeitszimmers sinken ließen.

Hargrimmsons Begräbnis
fand fünf Tage später statt. Die Gerichtsmedizin hatte den Leichnam zur Bestattung freigegeben. Der Ermordete hatte, soweit man wusste, keine Verwandten gehabt. So hatte ich es widerwillig auf mich genommen, alles zu organisieren. Kaum jemand verirrte sich in die Leichenhalle, wo Hargrimmson im offenen Sarg lag. Umso erstaunter war ich, als ich jemand hineingehen sah, den ich hier am wenigsten erwartet hatte – jemand, von dem ich geglaubt hatte, dass er sich noch außerhalb Thularstads aufhielt – jemand, von dem ich unrealistischerweise gehofft hatte, ihn nie mehr wieder zu sehen: Olaf Olafson!
Rasch folgte ich ihm. Was wollte er nur hier? Der breitschultrige Halunke blieb kurz stehen, gab sich dann aber einen Ruck und lief hinüber zum Sarg. Mich hatte er nicht bemerkt. Rasch schlüpfte ich in den kleinen Abstellraum und kniete mich hin. Der Raum war türlos, lag aber

im momentan unbeleuchteten Teil der Halle. Kein perfektes Versteck, aber es musste reichen. Warum ich mich überhaupt versteckte? Ich ahnte irgendwie, dass Olafson sich besser alleine wähnte. Vielleicht verriet er dann etwas.
Olafson beugte sich über Hargrimmson, den bleichen Schläfer – und lachte grimmig, bevor er anfing zu sprechen: „Tja, Hundesohn, so kann es einem gehen. Man nimmt sich soviel vor – zuviel sogar - und dann holt es einen unerwartet von den Beinen. Du warst ja noch viel zu jung. Aber so erbarmungslos ist das Leben …"
Mir wurde heiß und kalt. Angestrengt lauschte ich, damit mir nur ja kein Wort entging, denn Olafson redete jetzt leiser.
„Alles, was du mir genommen hast, werde ich mir wiederholen! Vor allem Selma! Und meine Villa! Das mit Selma – wenn ich nur wüsste, wie du das geschafft hast. Hundesohn! Doch jetzt bist du aus dem Weg. Dem, der dich mit Blei voll gepumpt hat, sollte man einen Orden verleihen, haha!"
Enttäuscht schluckte ich. Ich hatte ein Geständnis erwartet.
„Ab morgen hole ich mir das alles zurück. Doch zuerst …" – und nun brachte Olaf Olafson sein Gesicht ganz nah an das seines Erzfeindes – „… das verspreche ich dir, Hargrimmson Hundesohn, das schwöre ich dir sogar, werde ich noch eines tun: Heute Nacht, wenn sie dich in deiner Holzkiste verscharrt und dir einen Stein mit deinem Namen hingestellt haben, besuche ich dich noch mal. Und wozu? Ganz einfach. Als ich wegen dir aus Thularstad fliehen musste, habe ich mir eines gelobt: Ich werde zurückkommen und auf deinem Grab tanzen. Und versprochen ist versprochen und wird nicht gebrochen: Um Mitternacht werde ich auf deinem Grab tanzen! Und die Würmer, die tanzen mit!"
Eine dicke Gänsehaut überzog meinen gesamten Körper, als ich Olafsons hasserfüllte Worte vernahm. Gleichzeitig sprang mich die Furcht an: Wenn mich der blonde Schurke entdeckte, war es aus mit mir, ganz sicher. Gestanden hatte er zwar nicht, aber dennoch …
Ich atmete so flach wie möglich. Klammer Schweiß perlte lästig über mein Gesicht. Still flehte ich Gott um Beistand an. Es juckte mich am Rücken, doch ich durfte nicht kratzen. Mein Gewand würde rascheln und dann …
Gerade als ich meinte, es nicht mehr länger aushalten zu können, ging Olafson endlich. Seine schweren Schritte klangen überlaut, als er die Leichenhalle verließ. Von der nervlichen und körperlichen Anstrengung der letzten Minuten wurde mir schwarz vor Augen und ich sackte an der kalten Mauer des Nebenraums zusammen. Mein Atem ging keuchend, während ich lange gegen eine drohende Ohnmacht ankämpfte.
Tage schienen vergangen zu sein, als ich mich endlich wieder hoch quälte. Ein Blick auf meine Uhr verriet allerdings, dass gerade mal zwanzig Minuten verstrichen waren, seit ich Olafson in die Leichenhalle gefolgt war. Ich stolperte ins Freie. Die Sargträger kamen mir entgegen. Zum Glück bemerkten sie meinen erbärmlichen Zustand nicht. Kristian Hargrimmsons Begräbnis war kurz und emotionslos. Es waren kaum Trauergäste da. Nur Erica Berling, getrieben von Neugier, und zwei weitere Frauen ihres Kaffeekränzchens, deren Namen ich mir noch nie merken konnte.
Olafson war nicht mehr anwesend. Nicht dass ich ihn vermisst hätte. Meine Worte am Grab waren sowieso schon fehlerhaft und zäh genug. Selma Lugast fehlte auch, worüber ich – nicht zum ersten Mal in diesen gespenstischen Tagen – zugleich enttäuscht und erfreut war. Wäre sie da gewesen, hätte ich wohl keinen einzigen Ton herausgebracht.

Als die Totengräber endlich Erde auf den billigen Sarg schaufelten, der Hargrimmsons sterbliche Überreste enthielt, hätte ich am liebsten laut gejubelt. Von diesem und weiteren undefinierbaren Gefühlen gebeutelt, schleppte ich mich schließlich nach Hause. Meine Schritte waren schwerfällig wie die eines Hundertjährigen. Vom Himmel stürzte kalter Schneegriesel, als ob eine riesige Hand Salzkörner auf Thularstad streute …

Der Tanz auf dem Grab

Wieso ich nicht einfach im Bett blieb in jener verfluchten Nacht? War ich nach Kristian Hargrimmsons Beisetzung etwa nicht zu Tode erschöpft gewesen? Warum gönnte ich meinem Körper nicht die dringend nötige Erholung und schlief aus?

Auf keine dieser Fragen kann ich eine zufrieden stellende Antwort geben. Dass Rationalität in diesen abnormen Tagen zunehmend eine geringere Bedeutung für meine Handlungen hat, mag die einzige halbwegs zutreffende sein. Was sonst noch meine Entscheidungen beeinflusste, lässt sich unmöglich in Worte fassen. Selbst jetzt nicht.

Um 23:17 Uhr (die Digitalanzeige auf meiner Armbanduhr hat sich irgendwie in meine Erinnerung eingebrannt) betrat ich den Friedhof. Trotz meiner dicken Kleider fror ich erbärmlich. Der Wintervollmond badete die Gräberreihen und die schmalen Wege zwischen ihnen in seinem leprösen Schein. Geduckt huschte ich dahin. Ich war extra früh dran, um Olaf Olafsons „Auftritt“ nicht zu verpassen – und natürlich, um mich in Ruhe verstecken zu können. Dass dies der nächste Akt dieses mysteriösen Dramas werden würde, stand für mich außer Frage. Hargrimmsons frische Grabstätte zog mich an wie ein diabolischer Magnet. Als ich dort ankam, überfiel mich ohne Vorwarnung ein boshafter Schüttelfrost. Am ganzen Körper bebend, sah ich mich nach einem geeigneten Versteck um. Schließlich verbarg ich mich in einem dichten Gebüsch, das ungefähr fünfzehn Meter vom Grab entfernt war. Während ich zitternd dort kniete und jede Minute folternd langsam verstrich, hatte ich mehr und mehr den Eindruck, dass mich Kristian Hargrimmsons tote Augen durch das Erdreich hindurch übelwollend anstierten. Meine Knie schmerzten pochend auf dem frostharten Boden. Kein Licht, keine Wärme, kein Zeitgefühl mehr. Zu riskant, die Leuchtanzeige der Uhr zu betätigen – Olafson hätte es sehen können. Ich konnte mich nicht darauf verlassen, dass er nicht bereits nahe war. Keine Ahnung, ob er überhaupt pünktlich sein würde. Oder war er am Ende gar schon da gewesen und ich wartete umsonst?

Gerade als ich meinte, es nicht länger aushalten zu können, hörte ich das Knirschen schwerer Schritte auf dem Kiesweg. Ja, da kam tatsächlich Olaf Olafson – in Begleitung von Ansgar, dem letzten seiner drei Stammschläger. Der blonde Gauner schlenderte gemütlich heran, in der Rechten eine Flasche Schnaps. Er pfiff sogar vergnügt vor sich hin. Weder er noch der vierschrötige Ansgar bemerkten mich.

Vielleicht ist es besser, das, was nun folgte, in Olafsons eigenen Worten wiederzugeben – so, wie er es mir heute Nachmittag im Krankenhaus schilderte:

„Was dann auf dem Friedhof vorfiel, Pastor, begreife ich immer noch nicht. Ich weiß nur eins: *Du* musst etwas dagegen tun. Das fällt in dein Ressort!“

„Die Geschichte mit dem plötzlichen Angriff der beiden herrenlosen Kampfhunden stimmt also nicht“ – als ob ich das nicht ganz genau wusste! – „Das hab ich mir beinahe gedacht. Erzähl also endlich, was eigentlich geschah. Bis jetzt kennen wir nur die Konsequenzen der Vorkommnisse. Die Wahrheit hast du ja hartnäckig verschwiegen.“

„Was da passiert ist, konnte ich weder den Bullen noch den Weißkitteln erzählen. Sonst säße ich schon längst entweder hinter Gittern oder in der Klapse. Aber dir, Pastor, dir kann ich's erzählen. Wenn … du dich allerdings nicht an dein Scheißbeichtgeheimnis hältst, dann …"
„Schon wieder am Drohen, mein Sohn?"
„Entschuldige, ich kann wohl wirklich nicht aus meiner Haut", gab Olafson zurück, aber Leid tat es ihm eindeutig nicht. Seine Drohung war ernster gemeint als beim ersten Mal. Wahrscheinlich fragte er sich bereits, ob er tatsächlich klug gehandelt hatte, mir sein schwarzes Herz so voll und ganz auszuschütten. Das Gleiche fragte ich mich auch. Die vielen Dinge, die mir unter der Beichte über ihn und seine verabscheuungswürdigen Machenschaften bereits anvertraut worden waren, fielen mir schlagartig wieder ein. Fast hatte ich vergessen, was für ein Mensch da vor mir im Krankenbett lag. Geschwächt zwar, aber immer noch äußerst gefährlich.
„Also: Ich hatte mir ein bisschen Courage angesoffen und war bereit, meinen Schwur einzulösen. Kommt mir inzwischen extrem behämmert vor, aber hinterher ist man ja immer so schlau, nicht wahr? Während Ansgar Schmiere stand, lief ich also hin zum Grab dieses Hundesohns und sprang in bester Laune auf die noch nicht ganz festgefrorene Erde, um mein Tänzchen zum Besten zu geben. Gott, hätte ich das bloß gelassen!"
Olafson schwitzte plötzlich wie nach einer halben Stunde Sauna. Seine Augen rollten hin- und her. Seine Hände suchten wieder unter der Decke, immer wilder und wilder. Bei dem Anblick drehte sich mir der Magen um, ich musste beißende Galle husten, denn auch ich erinnerte mich wieder an die Szene, der ich beigewohnt hatte.
„Hab ihm hübsch überm Kopf herumgestampft, Pastor. Es fühlte sich großartig an. Da lag er unter mir in seiner Kiste, schön perforiert durch die Kugeln von Herrn X, und konnte sich nicht dagegen wehren, dass ich ihm auf der Nase herumtanzte – DACHTE ICH ZUMINDEST!"
Die letzten drei Worte hatte er gekreischt wie ein hysterisches Kleinkind.
„Und dann, ohne Vorwarnung: Ein Grollen – die Erde unter mir bebte – alles geriet ins Rutschen – wie Treibsand – bevor ich mich versah, steckte ich schon bis über beide Knie im Dreck. So weich hätte die Erde bei der Kälte nie sein dürfen, wenn's mit rechten Dingen zugegangen wäre, Pastor! Das ist mir inzwischen klar geworden – nicht in dem Moment, als ich versackte. Denn bevor ich wusste, wie mir geschah, kamen die Schmerzen – ach was: die Qualen! So etwas kann man sich überhaupt nicht vorstellen. Ich merkte, wie etwas in dem rotierenden Boden meine Stiefel zerriss – oder zerbiss? – und sich dann mein Fleisch vornahm. Gott! Gott! So etwas habe ich nicht verdient! Meine Füße – meine Beine! Wenn Ansgar mich nicht im letzten Moment raus gezogen hätte – das, was noch von mir übrig war. Er schleuderte mich weg vom Grab … ich krabbelte davon so schnell ich konnte … während Ansgar seine Knarre zog und – armer Kerl!"
Er brach ab, von einem irrsinnigen Weinkrampf erfasst.
Ansgar hatte die Waffe noch nicht ganz aus seiner Jacke heraus, als ihn etwas am Stiefel packte – etwas sehr Wütendes, Fauchendes, von dem ich nur eine Klaue erkennen konnte – und ihn zu sich ins Grab riss. Der Leibwächter musste Olafsons Rettung teuer bezahlen. Sein schrilles Geheul zerriss die Ruhe des Friedhofs, während ich mich schlotternd tiefer duckte. Sonst tat ich nichts. Im Angesicht des Bösen versagte ich schmählich. Während der verstümmelte Halunke davon kroch, kniete ich weiterhin in meinem Versteck und weinte und betete und starrte hinüber zu dem blutroten Sand auf Hargrimmsons Grab. Ja, ich weiß, es war

nachts und im Mondlicht erkennt man keine Farben, doch ich schwöre beim allmächtigen Gott, dass ich das Rot von Olafsons und Ansgars Blut ganz deutlich sah. Und dazu das unmenschliche Schmatzen und enttäuschte Zischen, das aus der Erde drang!
Irgendwann fand ich die Kraft, aus dem Gebüsch heraus zu kriechen und wegzurennen. Derweil war der von Passanten gerufene Krankenwagen eingetroffen und man lud den halbzerfetzten Verbrecherkönig Thularstads ein, um ihn zur Klinik zu bringen. Das Geräusch der Sirene begleitete meine Flucht. Es fing an zu hageln.
„Du musst was unternehmen, Pastor! Du bist doch der Gute und musst gegen diesen Teufel antreten!"
Olafsons beschwörendes Flüstern riss mich aus meinen grauenvollen Erinnerungen. Scheinbar hatte er sich mittlerweile wieder etwas in der Gewalt.
„Du hast zu viele schlechte Gruselfilme gesehen, Olaf. Als ob es so einfach wäre!", verteidigte ich mich schwach.
„Es ist deine ureigene Aufgabe, verdammt! Geh hin und vernichte den Dämon – bitte!"
„Na gut. Ich werde … tun, was ich kann."
„Ja. Gut. Tu das, Pastor. Es ist deine Pflicht. Und gib alles! Eins weiß ich nämlich ganz genau: Hargrimmson liegt da unten in der Erde und verdaut mein Fleisch. Was, wenn er irgendwann wieder Hunger bekommt und sich einen Friedhofsbesucher krallt, der zu nah an seinem Grab vorbeispaziert? Einen guten Christen, nicht so einen Sünder wie mich. Mich zu retten ist vielleicht kein großer Ansporn, aber so 'ne junge Witwe oder einen kleinen, reinen Jungen – stell dir vor, Hargrimmson zerfleischt so jemanden. Na, bist du jetzt motiviert genug? Schieb es bloß nicht zu lange auf, hörst du? Komm morgen her und sag mir, wie es gelaufen ist! Morgen. Vergiß es ja nicht!"
Ich blickte Olafson voller Verachtung an und verließ sein Zimmer, ohne mich um die Beleidigungen zu scheren, die er mir nachschrie. Meine Geduld mit diesem Dreckskerl war endgültig erschöpft. Ich konnte seine Gegenwart nicht mehr ertragen. Sollte er sich doch seine Hilfe und seine Absolution woanders besorgen!

II. Was seit dem Besuch im Krankenhaus geschah

Es ärgerte mich zwar, aber schon bald nagten Olaf Olafsons letzte Sätze wie Termiten an meinem Gewissen. Er hatte nämlich Recht. Das war nicht von der Hand zu weisen. Bisher war niemand auf die Idee gekommen, Ansgars Verschwinden und Olafsons grässliche Verletzungen mit Kristian Hargrimmsons Grab in Verbindung zu bringen. Wie auch? Es bestand keine nahe liegende Verbindung, weiß Gott nicht. Außer man wusste, was ich wusste. Wegen des unfreundlichen Wetters verirrten sich auch nur wenige Besucher auf den Friedhof. Dennoch ließ sich die Gefahr nicht leugnen: Die unmenschliche Bestie konnte jederzeit irgendjemand anfallen.
Was war also zu tun? Sollte ich eine Flasche Weihwasser und mein größtes Kruzifix nehmen und dem Diener des Bösen auf den Leib rücken. In den entsprechenden Filmen sah das so simpel aus. Mein Glaube an Gott war – und ist – fest. Hinsichtlich der Wirksamkeit von durch Menschenhand geweihtem Wasser, Holz oder Metall habe ich jedoch schon immer Zweifel gehabt.

Eigentlich weigerte ich mich zu der Zeit immer noch, zu akzeptieren, dass Kristian Hargrimmson den Tod überwunden hatte. Obwohl ich es mit eigenen Augen gesehen hatte. Zum ersten Mal war eine Frucht in Thularstads Totenacker aufgegangen. Es blieb unfassbar. Ich war ein Mann des Glaubens und eben nicht ein Mann des Aberglaubens!
Mit solch unnützen Überlegungen schlug ich mich während des Heimwegs herum. Ich fühlte mich unendlich einsam und den ‚normalen' Menschen, denen ich begegnete, unsagbar fern. Sie ahnten nichts von der abscheulichen, fauligen Keimzelle des Satans, die sich auf dem Friedhof eingenistet hatte. Die Glücklichen.
Zuhause angekommen war mir wenigstens eines klar geworden: Es brachte überhaupt nichts, meine Augen vor der Realität zu verschließen, mochte sie auch noch so irreal erscheinen. Olaf Olafsons Beine wurden ihm innerhalb kürzester Zeit abgefressen, sein Leibwächter Ansgar vollständig verschlungen. Im Leben waren Kristian Hargrimmsons Methoden subtiler gewesen, nun, untot, kämpfte er mit Zähnen und Klauen. Rasend schnelle Bisse statt jemanden in der Kläranlage ersaufen zu lassen. So, als ob er sich mit dem Töten *beeilen* müsste.
Mein Anrufbeantworter blinkte: vierzehn neue Nachrichten. Stirnrunzelnd hörte ich die erste davon ab. Es waren schlimme Neuigkeiten, die mir da zu Ohren kamen. Nicht dass mich das erstaunte …

Selmas unbeschreibliches Leid

„Bitte – kannst du schnell kommen, Björn?", schluchzte ihre abgespeicherte Stimme. Der Klang ließ mich erschauern. Sie hörte sich so unendlich deprimiert an.
Klick – aufgelegt.
Beunruhigt lauschte ich den weiteren Nachrichten. Erst in der Neunten konnte ich wieder etwas verstehen.
„Ich bin zuhause – in der Villa, meine ich. Ich … ertrage es kaum hier. Niemand kann mir helfen. Du auch nicht!"
Klick – aufgelegt.
„Bitte komm trotzdem! Bitte! Ich brauche … ganz dringend!"
Klick – aufgelegt.
Ich stürmte aus dem Haus, ohne den Rest anzuhören. Es kam auf jede Minute an. Diesmal war beim Annähern an Hargrimmsons Villa ausnahmsweise keine Tarnung notwendig. Deshalb nahm ich das Auto. Mein alter Subaru klapperte verdächtig, während ich ihn durch die Straßen hetzte. Es war mir gleich! Sollte er doch auseinander fallen – aber erst, wenn ich am Ziel war, verdammt noch mal!
Zu meinem Erstaunen hielt die marode Karre durch. Ich würgte den Motor ab, vergaß abzusperren, stürmte den Weg hinunter und durch die Tür hinein ins Haus – durch die Tür, die mir eine armselige, schlotternde Gestalt öffnete, die ich nur mit Mühe als Selma Lugast erkennen konnte. So armselig sah sie aus, dass es mir beinahe das Herz zerriss.
„Danke! Danke!", ächzte sie mit der Stimme einer uralten Greisin. „Auch wenn du mir nicht geben kannst, was ich brauche. Komm rein. Ich habe Kaffee – und Schnaps."
„Mein Gott, Selma. Was ist nur mit dir? Soll ich einen Arzt rufen?"
Sie kicherte schrill. Ihr schwarzes Haar glänzte fettig und krank. Ihr Gesicht war ein fahles Zerrbild ihrer früheren, faszinierenden Schönheit. Ihre Lippen: wie zwei tote Regenwürmer!
„Dafür gibt es keinen Arzt! Kein Quacksalber kann mir verschreiben, was ich brauche!"

„Und was brauchst du?", fragte ich voller Grauen.
„Seine *Küsse*! Ich brauche Kristians Küsse – und Kristians Lächeln!", fauchte sie mich an, als ob ich es wissen müsste. Als ob es das Selbstverständlichste auf der Welt wäre.
„Aber wie soll das gehen? Er ist doch – tot!", gab ich ungeschickt zurück. Obwohl das mit dem Totsein ja auf eine infernalische Art und Weise falsch war.
Sie gurgelte etwas Unverständliches und taumelte in meine Arme. Sie war ohnmächtig geworden. Erst jetzt bemerkte ich wieder diesen eigentümlichen, süßlich-beißenden Geruch an ihr, der mir schon beim letzten Mal aufgefallen war. Er war stärker geworden. Viel stärker …

Drei Tage und zwei Nächte
versank ich danach in einem unvorstellbaren Chaos. Kräftesaugend. Seelenquälend. Ich fand kaum Schlaf. In Hargrimmsons Villa wurden mir Wissen, Sorgen und Schrecken in einem Ausmaß zuteil, das ich mir nie hätte träumen lassen. Die Gespräche, die ich in diesen alten Mauern führte. Die Vereinbarung, die ich traf. Die Sünden, die ich auf mich lud - laden musste …
Am Abend des dritten Tages war ich zu Tode erschöpft. Zusätzlich plagte mich noch eine schwere Erkältung, die mir das Atmen zur Qual machte.
An Olaf Olafson hatte ich während dieser Phase kaum einen Gedanken verschwendet. Zu sehr war meine Konzentration auf Selmas Pflege und die Dinge in Kristian Hargrimmsons Arbeitszimmer und Keller gerichtet. Das ist wohl verständlich. Am Abend des dritten Tages rächte sich das.
Gegen 20 Uhr wurde die Türklingel betätigt. Sie schellte grell. Ohrenbetäubend. Mein Schädel schien deshalb zu platzen. Ich musste lauthals niesen. Fluchend versenkte ich mich wieder in die Seiten des Buchs vor mir. Wer immer das war, er sollte verschwinden! Lösung – ich brauchte dringend eine Lösung, um die Vereinbarung zu erfüllen …
Es klingelte wieder. Und wieder. Minutenlang. Wer immer draußen ist, geht sehr zielstrebig vor und scheint eine wahre Engelsgeduld zu haben, dachte ich, während ich mich zwang, sitzen zu bleiben. Ich trotzte grimmig und blieb sitzen. Meine Erschöpfung verlieh mir die Kraft dazu, den Lärm zu ertragen. Hinauszugehen und zu öffnen wäre noch anstrengender gewesen. Aus Selmas Zimmer war kein Geräusch zu vernehmen. Sie schlief. Kein Wunder. Die Zeit drängte. Wenn ich keinen Erfolg hätte, würde sie bald nicht mehr aus ihrem Schlaf aufwachen. Der unerträgliche Gedanke zerfraß mir die Eingeweide. Schnaubend blätterte ich um.
Das Klingeln hörte auf. Gewonnen, dachte ich. Was für ein fataler Irrtum!
Bestimmt hätte ich in normalem Zustand vorher etwas gehört. Geholfen hätte es mir wohl auch nicht. Jedenfalls erschrak ich zu Tode, als plötzlich die Tür zum Arbeitszimmer aufflog. Ungläubig sah ich, wie Olaf Olafson in einem Rollstuhl ins Zimmer geschoben wurde. Geschoben wurde er von einer Ärztin. Unscheinbar. Etwa Anfang Fünfzig. Sie trug eine Brille mit dicken Gläsern und dazu eine misslungene Frisur. Ihr langer Arztkittel raschelte beim Gehen. An Olafsons Rollstuhl war eine lange Stange mit Infusionsbeutel angebracht. Der damit verbundene Schlauch mündete in die Armbeuge seines linken Arms. Nur sein rechter Arm steckte in der schwarzen Lederjacke.
„Guten Abend, Pastor", meinte Olafsons. In seinen Augen funkelte es gefährlich.
„Guten Abend, Olaf. Wie bist du hier hereingekommen?"

„Dasselbe könnte ich dich fragen. Oder ist dies neuerdings dein Haus?"
„Nein, natürlich nicht."
„Siehst du. Übrigens wird es bald meins sein. Davon abgesehen: Eine Haustür lässt sich immer öffnen, wenn man sich ein bisschen auskennt."
„Aha. Und was … willst du hier?"
Er lachte bellend. Seine rechte Hand fuhr in die Lederjacke und fischte eine Pistole heraus. Großkalibrig. Mit Schalldämpfer. Mir wurde eiskalt.
„Bei deinem letzten Besuch im Krankenhaus habe ich einen … Exorzismus – oder wie immer man das nennt - bei dir in Auftrag gegeben und dir dafür einen Termin gesetzt. Du bist zur verabredeten Zeit nicht erschienen. Ich war geduldig und habe sogar noch einen Tag länger gewartet. Das war nicht leicht, denn inzwischen brachten die im Radio, dass auf unserem schönen Friedhof eine Untat begangen wurde. Ein geschändetes und ausgehobenes Grab. Na, ahnst du es?"
„Kristian Hargrimmson Grab", sagte ich und nickte. Unmöglich, mein Wissen in diesem Punkt verbergen. Wenn ich das zugab, würde mein Gesicht vielleicht nicht die anderen Dinge verraten, die ich darüber hinaus noch wusste.
„Selbstverständlich weißt du davon. Stell dir vor: Diese Nachricht hat mich doch etwas nervös gemacht. Ich machte mir Sorgen. Um mich. Um Selma. Um dich. Um das Wohl unseres lieben Städtchens. Im Pfarrhaus warst du nicht zu erreichen. Unangenehm: Das bereitete mir nämlich noch viel mehr Kummer. Das leere Grab konnte ja etwas Gutes oder etwas Schlechtes bedeuten, nicht wahr? Vielleicht hattest du Erfolg gehabt, vielleicht auch nicht. Diese Ungewissheit … hat mich wirklich fertig gemacht!"
„Du ahnst ja nicht, was hier …"
„FERTIG!", brüllte Olafson mich nieder. Sein blondes Stoppelhaar war schweißnass und klebte zusammengefallen an seinem bulligen Schädel. „Was bist du bloß für ein Scheißkerl, Pfaffe! Sitzt hier in meiner Villa – mit meiner Selma unter einem Dach, wie ich inzwischen weiß – viele halten die Augen auf für mich in Thularstad, ja ja! Das hat mir dann noch viel mehr Kummer gemacht. Kummer ist ungesund für meine angegriffene Gesundheit, nicht wahr, Frau Doktor?"
„Genau, Herr Olafson. Sie dürfen sich nicht aufregen", meinte die Frau mit unbewegter Miene. Offenbar hatte ihr gefährlicher Patient sie mit Waffengewalt dazu genötigt, ihn hierher zu bringen. Ihr starres Gesicht verriet ihren Schock. Ihre kleine, hagere Gestalt hing gebeugt hinter Olafsons Rollstuhl. Sie tat mir ehrlich leid.
„Wo ist Selma?", zischte Olaf.
„Im Schlafzimmer – den Flur hinunter", krächzte ich voller Angst.
„Dann gehen wir drei Hübschen jetzt auch dorthin. Ich möchte meine schwarzhaarige Katze endlich wiedersehen. Ich sehne mich nach ihren Umarmungen. Und nicht weglaufen, Pastor. Bleikugeln fliegen schneller als Pfaffenfleisch rennen kann."
Weglaufen! Als ob ich Selma jemals hätte verlassen können. Doch so etwas konnte ein Typ wie Olafson wohl nie verstehen.
Improvisierend griff ich mir zwei Bücher – ich würde sie bestimmt noch brauchen – und ging voraus. Olaf Olafson und seine Ärztin folgten dicht hinter mir.
Während wir den Flur passierten, flehte ich zu Gott, dass er Selma beschütze. Schließlich war sie Olafson fremdgegangen, kaum dass er die Stadt verließ. Was, wenn dieser Verbrecher sie

nun dafür bestrafen wollte. Die Pistole – ich musste unbedingt etwas unternehmen.
„Ich … muss dich … vorwarnen. Es geht ihr sehr schlecht.“
„Hast du dich etwa nicht gut um sie gekümmert?“, fauchte Olaf hinter mir.
„Doch! Im Gegensatz zu Hargrimmson. Du kannst dir nicht vorstellen, was er ihr angetan hat.“
„Oh, ich kann mir da so einiges vorstellen!“
Seine Stimme war wie Säure – und bebte vor tiefer Verletztheit. Er liebte Selma Lugast immer noch. Das hörte ich an seinem Tonfall, ohne ihm zusätzlich ins Gesicht blicken zu müssen. Ich begriff das nicht. Und ich hasste ihn dafür: Wieso konnte er nicht einfach durch und durch böse sein? Auch wenn exakt deshalb eine kleine Hoffnung bestand, dass er Selma verschonen würde – es machte mich fertig. Vor allem, weil sie seine Gefühle lange Jahre erwidert hatte. Vielleicht immer noch erwiderte. Für einen Augenblick erfüllte mich eine rasende Eifersucht.
„Willst du hier Wurzeln schlagen? Weiter, Pfaffe! Ich will zu ihr – und dann wirst du mir alles erzählen, was du weißt!“
Olafsons drohende Stimme vertrieb das sündhafte Gefühl und ließ mich weitergehen. Wir betraten das Schlafzimmer. Selmas Anblick war schon für mich ein Schock, obwohl ich sie die letzten Tage gepflegt hatte. Olaf Olafson, der sie schon länger nicht mehr gesehen hatte und sie als verführerische, vor Gesundheit strotzende Frau in Erinnerung hatte, brüllte erschrocken, als er sie so bleich und hinfällig sah. Nur ihr fahles, beinahe gespenstisches Gesicht schaute aus dem hoch aufgetürmten weißen Bettzeug heraus. Sie fror dermaßen, dass sie einen wahren Berg von Decken zur Wärmung brauchte.
„Was – was ist nur mit ihr geschehen? Warum hast du sie nicht zum Arzt gebracht?“
„Das hätte nichts genützt!“, erwiderte ich zitternd, während die Ärztin zögernd zu Selma ging. „Hargrimmsons schwarze Magie hat ihr so zugesetzt. Du musst verstehen, dass alles, was Selma unter diesem Dach getan hat, nur unter Zwang geschah. Sie hatte niemals eine Chance gegen diesen Dämon in Menschengestalt!“
„Magie!“, schnaufte die Ärztin ungläubig und befühlte Selmas Stirn.
Olaf knurrte: „Sag mir nur eins, Pfaffe: Wie kann man ihr helfen?“
„Vielleicht können wir zusammen etwas erreichen. Doch dazu musst du mehr erfahren.“
„Und wonach riecht es hier nur?“
„Das hängt auch damit zusammen.“
„Rück endlich mit allem raus, was du weißt.“

Hargrimmsons Geheimnisse

nur zu erzählen, wäre wohl nicht genug gewesen. Deshalb hatte ich zuvor die Bücher mitgenommen. Ich hielt sie so, dass Olaf Olafson beide sehen konnte.
„Was sind das für Schmöker, Pfaffe?“
„Baron Strygatzkis *Colloquia Infernales – Erstaunliche Zwiegespräche mit einem Höllengeist* und …“
„Kenn ich nicht!“
„Und Kristian Hargrimmsons Tagebuch!“
„Oha!“
„Allerdings oha, Olaf. Übrigens besitzt … besaß Hargrimmson genau siebenundzwanzig Ausgaben des *Colloquia Infernales*. Sie sind alle unten in einem Kellerraum untergebracht.“

„Dieser Depp. So gut kann das Buch wohl kaum sein! Oder – halt! Sind die Bände vielleicht irre wertvoll?"
Schon wieder gierig, dachte ich, als ich das Glitzern in den Augen des Schurken sah. Unverbesserlich. „Wertvoll bestimmt. Vor allem jedoch eins: verräterisch."
„Inwiefern? Und weshalb ist das Buch in Klarsichtfolie eingeschlagen?"
„Ansonsten bräuchte ich Handschuhe, um es zu berühren. Da ist etwas in dem grünen Leder, das einem die Finger verletzt. Keine Ahnung, wie das funktioniert. Möchtest du es auch mal angreifen?"
„Und dazu die Knarre hinlegen, was? Das hast du dir aber fein ausgedacht, Pfaffe."
„Ich bin bestimmt nicht so lebensmüde und versuche dich hereinzulegen, Olaf Olafson. Hör einfach weiter zu. Du willst doch Selma helfen, oder?"
„Dann mal weiter im Text!"
„Verräterisch ist Strygatzkis Buch, weil sich darin unter anderem das Geheimnis von Hargrimmsons besonderen Kräften verbirgt. Deshalb hat er über die Jahre alle Ausgaben erworben, die er bekommen konnte. Niemand sollte erfahren, warum er solche außergewöhnlichen Fähigkeiten besaß. Er stand übrigens kurz vor dem endgültigen Erfolg. Ich habe ein wenig recherchiert: Das Buch erschien nur in einer limitierten Selbstauflage von dreiunddreißig Stück und findet sich bisher auch nicht illegal im Internet. Nun, am Abend seiner Ermordung war er gerade aus Stockholm zurückgekommen, wo er ein weiteres dieser monströsen Bücher gekauft hatte."
„So eine Kaufserie müsste doch aufgefallen sein."
„Nein. Das *Colloquia infernales* ist kaum bekannt und wurde, im Gegensatz zu anderen okkulten Büchern wie zum Beispiel dem gefürchteten *Liber Khotharesch*, stets als Werk eines adeligen Spinners verlacht. Außerdem fürchte ich, dass keiner der Verkäufer sich noch an das Buch erinnern kann. Hargrimmson holte die Bücher immer persönlich ab, um gleich darauf das Gedächtnis des jeweiligen Buchhändlers mit seinen außergewöhnlichen Kräften zu manipulieren. Es steht alles in seinem Tagebuch."
„So ein gerissener Fuchs!", stieß Olafson aus, wider Willen bewundernd.
„In der Tat. Obwohl der Fuchs diesbezüglich paranoid war, glaube ich. Das Geheimnis springt einem nicht gerade ins Auge – und selbst dann nützt das bloße Wissen nichts. Man braucht noch etwas anderes."
„Aha. Und was zum Teufel? Spuck's endlich aus, Pfaffe!"
„Gern, doch du wirst ab jetzt das Ganze immer unglaublicher finden. Man braucht nämlich das Lächeln des Duad-Lasaq!"
„Hä?"
„Warte, ich lese dir die Passage aus dem *Colloquia infernales* vor. Hier, auf Seite 177 steht es: *‚Sonntag, 22. August 1915: Vierzehnte Sitzung. Dem Herrn Baron gelang die Beschwörung Kyx-Aguns an diesem Abend besonders mühelos. Bald schon berichtete uns der Höllengeist von weiteren Geheimnissen des Reichs der Verdammnis. Bereitwillig offenbarte er Begebenheiten, die uns Sterblichen unvorstellbar erscheinen. Der Herr Baron wollte wissen, ob Dämonen sich auch untereinander bekämpfen … ob sie überhaupt sterben können. Daraufhin berichtete Kyx-Agun von einem Geschöpf, genannt der Duad-Lasaq. Jener Dämon habe über ein derart betörendes Lächeln verfügt, dass ihm kaum ein Wesen einen Wunsch abschlagen konnte. So kam er zu kostbaren Schätzen und auch Genüssen der Liebe, die unvorstellbar waren. Obwohl er eigentlich schwach und im zweituntersten Range der Hölle angesiedelt war, konnten auch*

die meisten höher stehenden Dämonen ihm nicht widerstehen. Eines Tages jedoch ging er zu weit und verführte ausgerechnet Dyynar, eine W'Helon und die damalige Favoritin der Großen Lilith. Lilith schäumte deswegen vor Wut und zermalmte Duad-Lasaq trotz seines Lächelns, gegen das sie als die Große Mutter gefeit war. Lediglich seine Zähne blieben übrig, sein lächelndes Gebiss. Lilith schleuderte es voller Grimm durch eins der sieben Tore der Hölle hinaus in die Welt der Menschen. Vielleicht hat es ein Sterblicher inzwischen gefunden.' – na, kapiert?"
„Du meinst … Hargrimmson Hundesohn hat diese Dämonenzähne gefunden?"
„Er hat. Hargrimmson ist nämlich gebürtiger Isländer. Nahe des Vulkans Hekla – nach alten Sagen bekanntlich eines der sieben Tore der Hölle – hat er das Gebiss entdeckt. Er wusste gleich, was er da in Händen hielt, denn seine Großmutter Vigdís besaß eine Ausgabe des *Colloquia infernales*, aus der sie ihm als Kind andauernd vorgelesen hatte. Nicht ohne Grund hatte er das Gebiet um die Hekla oft durchstreift. Seine Mühen wurden belohnt – auf eine gewisse Weise zumindest."
Die Ärztin schnaufte. Es klang irgendwie – verächtlich, aber da mochte ich mich täuschen. Ich warf ihr nur einen kurzen Warnblick zu (sie durfte Olafson nicht durch ihren offensichtlichen Unglauben an magische Phänomene reizen, denn sein Körper trug schließlich deutliche Spuren genau davon) und konzentrierte mich wieder auf den Verbrecher. Ich musste mich ganz auf ihn konzentrieren, wenn ich Selma, die Ärztin und mich retten wollte. Dazu musste ich die Vereinbarung irgendwie einhalten. Gut standen unsere Chancen allerdings nicht.
„Wie meinst du das: auf eine gewisse Weise? Anderen durch sein Lächeln den eigenen Willen aufzwingen zu können, das hört sich doch … extrem spannend an."
„Sicherlich. Um über diese aufregende Macht gebieten zu können, musste er sich jedoch selbst alle Zähne ziehen und dabei ein bestimmtes Ritual vollziehen. Danach konnte er sich das Gebiss des Dämons einsetzen. Nur so wurde ihm Duad-Lasaqs Lächeln zuteil."
„Puh, keine schöne Vorstellung. Dazu muss man schon ein ganzer Kerl sein."
„Außerdem konnte er nie mehr ungezwungen in der Öffentlichkeit reden oder gar lachen. Die Dämonenzähne sahen unnatürlich aus und hätten sofort Aufmerksamkeit erregt. Größere Menschenansammlungen mied er deshalb wie die Pest."
„Na, das ist wohl Übungssache. Wenn das der Preis für solche Fähigkeiten ist, hätte ich ihn auch gezahlt. Gewiss kam er doch zu unvorstellbarer Macht."
„Mehrmals – nur um alles wieder zu verlieren. Er war jedes Mal am Ende zu maßlos. Zuviel Erfolg ruft Neid und Misstrauen hervor und irgendwann konnte er gar nicht mehr alle Schwierigkeiten weglächeln, die er sich eingehandelt hatte. Hargrimmson besaß lange Jahrzehnte zu wenig Selbstdisziplin, um seine Macht nur von Zeit zu Zeit einzusetzen."
Olafson stutzte für einen Moment. „Lange Jahrzehnte? Wie meinst du das denn? Der Hundesohn war doch höchstens Ende Dreißig."
„So sah er zumindest aus. Er fand Duad-Lasaqs Zähne, als er gerade mal vierzehn Jahre alt war – im Jahre des Herrn 1906."
Olaf Olafson glotzte mich nur ungläubig an.
„Ja, die Dämonenzähne verleihen ihrem Träger mehrere magische Fähigkeiten. Über andere zu gebieten ist nur eine davon. Eine andere ist ein extreme verlängerte Lebensspanne."
„Am Ende gar … Unsterblichkeit?", hauchte Olafson ergriffen.
„Nein. Das vier- bis fünffache einer durchschnittlichen Lebenserwartung, schätze ich mal."
„Das ist nicht perfekt, aber auf jeden Fall besser als nur *eine* Lebenserwartung, nicht wahr?

Erzähl weiter: Was haben diese Beißerchen noch zu bieten?"
„Moment, lass mich zuerst weiter von Hargrimmsons Leben berichten. Nachdem er wieder einmal gescheitert war und mehrere Menschen, die er geliebt hatte, deshalb umkamen, schwor er sich, die Kraft der dämonischen Zähne nie wieder einzusetzen. Er hatte genug davon, verließ seinen letzten Aufenthaltsort Argentinien und kam nach Thularstad, um in Frieden und zurückgezogen den Rest seiner ungeheuer langen Lebenszeit zu verbringen. Er konnte ja nicht ahnen, dass er so einen Kerl wie dich antreffen würde. Du hast ihn ja gleich so angegangen, dass er quasi gezwungen war …"
„*Gezwungen*? Mensch, Pfaffe, was redest du da für einen Scheiß? Wenn er diese Magie nicht mehr nutzen wollte, hätte er sich nach unserer ersten Konfrontation vom Acker machen sollen! Der Saukerl hat doch nur auf eine Entschuldigung gewartet, um wieder loslächeln zu können!", brüllte Olafson und fuchtelte aufgeregt mit seiner Pistole herum. „Er hat meine treuen Männer in die Kläranlage reingegrinst und mich fast auch. Er hat sich Selma unter seine Bettdecke gelächelt. Und am Ende war er auch noch unverschämt genug, nicht einfach tot zu sein und stattdessen Ansgar ganz und mich halb aufzufressen! Was länger lebt, stirbt wohl auch langsamer. Wo ist er? Weißt du es? Wir müssen ihn unbedingt zerstören!"
Was nun? Mein Magen krampfte sich zusammen. Ich musste mehrfach niesen, bevor ich antworten konnte. „Er ist – im Keller. Dort habe ich ihn gebannt, eingeschlossen in einen Kreis von Hostien. Selma … sie hat ihn vor drei Tagen ausgegraben und in ihrem Auto hergebracht. Deshalb ist sie auch so entkräftet. Sie ist verrückt nach seinem Lächeln … und seinen Küssen. Deswegen können wir ihn nicht einfach so vernichten, denn dann stirbt auch Selma!"
„Wieso das denn?", röhrte Olafson.
„Das ist eine weitere Kraft der Zähne: das Erreichen unglaublicher Lust. Wer einmal von diesen Zähnen gebissen wird, ist dem Träger unrettbar verfallen. Braucht von Zeit zu Zeit immer wieder einen neuen Biss. Braucht den scharfen Kuss des Duad-Lasaq."
„Ist Hargrimmson ein Vampir oder so was?"
„Nein, er trinkt kein Blut. Der Biss der Zähne verursacht eine Verletzung, die das Opfer … danach … in eine nie gekannte sexuelle Erregung versetzt und eine vollständige lebenslängliche Abhängigkeit auslöst. Der Beißende kann dann mit seinem Opfer unvorstellbare Regionen der Ekstase erreichen. Die perfekte Droge für beide."
„Dieser Teufel! Dieser widerliche Teufel!", schimpfte Olafson. „Meine arme Selma …"
Genau in dem Augenblick stöhnte Selma Lugast schrill! Wir alle fuhren zusammen. Selmas Augen rollten nach oben, so dass nur noch das Weiße zu sehen war. Sie zappelte wild unter den Bettdecken herum.
„Ich wünschte, ich könnte ihr helfen!", murmelte Olaf Olafson und verfiel in ein dumpfes Brüten. Sein Gesicht färbte sich dunkelrot. Die dicken Schläfenadern waren deutlich zu erkennen.
Auch ich überlegte wie besessen. Wie sollte es weitergehen, wenn ich ihn in den Keller gelotst hatte? Ohne vernünftigen Plan! Die Vereinbarung! Wie sollte ich Selma und mich aus all dem heil herausbringen? Allein die Vorstellung, dem untoten Monster wieder unter die Augen zu treten. Wäre das Ungeheuer Hargrimmson nicht schon so geschwächt und auf meine Hilfe angewiesen und hätte Selma nicht für mich gesprochen, ich wäre längst tot. Selma hatte mir, kaum dass sie nach ihrem Zusammenbruch wieder zu sich gekommen war, alles erzählt.

Danach brachte sie mich zu dem schleimigen Unhold, den sie ausgebuddelt, zu ihrem Kombi gezerrt, ein- und hier wieder ausgeladen und mit letzter Kraft in den Keller auf der Rückseite des Hauses gebracht hatte. Nachdem sie sich mit dem halbtoten Wesen besprochen hatte, hatte Hargrimmson ihr befohlen, mich anzurufen. Kein Wunder: Schon einmal hatte er, gerade tödlich verwundet, mir erfolgreich seinen Willen aufgezwungen. Deshalb hatte ich das *Colloquia infernales* vom Tatort mitgenommen. Damit Olafson es nicht bekam und gefährliches Wissen aus ihm ziehen konnte. So schlossen das Monstrum und ich schließlich unsere Vereinbarung. Ich war der Lösung schon so nahe gewesen, hatte einen Plan zur Umsetzung fast fertig. Warum nur hatte Olafson herkommen müssen? Warum hatte ich ihn nicht gehört? Alles war nun wieder in Gefahr.

„Ich möchte Selma wirklich helfen", brach Olaf Olafson das Schweigen. Das Leuchten in seinen Augen gefiel mir überhaupt nicht. Dieses verabscheuungswürdige, gierige, *verstehende* Leuchten! „Und jetzt – weiß ich auch, wie. Ha! Das wird nicht nur ihr helfen, sondern auch – MIR!"

Selma kreischte durchdringend. Die Bettdecken raschelten laut. Die Ärztin grummelte ungnädig: „Zur Hölle, mir reicht's. Ich habe mir diesen Schwachsinn schon viel zu lange mit angesehen und angehört."

„Aber – Ihr Honorar ist doch schon überwiesen", stieß Olaf hervor, während ich zu begreifen versuchte, was nun schon wieder vorging. Die Grippe hing klebrig über meinem Verstand. Als die angebliche Medizinerin gedankenschnell eine Pistole unter ihrem Kittel hervorzauberte, gegen die selbst Olafsons Waffe wie ein Spielzeug wirkte, verstand ich zunächst überhaupt nichts. Machtlos starrte ich auf diesen schwarz glänzenden Phallus des Todes …

„Für so einen Kram wurde ich nicht bezahlt. Bezahlt für einen Tötungsauftrag: Ja. Bezahlt für Leibwächterdienste und notwendige medizinische Versorgung eines anscheinend aufgrund seiner Verletzungen leicht verwirrten Mandanten: Ja. Aber nicht bezahlt für angebliche Magie, angeblich nicht tote Zielpersonen und als Krönung das Ertragen dieser nach Moder und was-weiß-ich-noch-alles stinkenden, todkranken, herumplärrenden Kuh hier in diesem Bett!!"

Unglaublich: Herr X, der Auftragskiller, war in Wirklichkeit eine unscheinbare Frau!

Längst ruhte ein roter Lichtpunkt in der Mitte von Olaf Olafsons Stirn, bevor der wusste, wie ihm geschah. Die Killerin lachte meckernd. „Hiermit kündige ich unseren Kontrakt wegen außergewöhnlicher Gründe, Herr Olaf Olafson."

Mein lahmender Verstand hing derweil noch an dem vorherigen Satz der Auftragsmörderin. Wie hatte sie doch gleich Selmas Geruch bezeichnet? Als *modrig*. Aber das stimmte doch nicht. Der Duft, der den Bisswunden entströmte, war süß und leicht beißend.

„Und wie in unserer besonderen Branche üblich kündige ich mit Blei."

So wäre es unter normalen Umständen wohl auch gekommen.

Unter normalen Umständen wäre aber auch nicht Selma, jaulend und seufzend und nackt (wo waren ihre Unterwäsche und ihr Nachthemd?), aus dem Bett gestoßen worden.

Von etwas, dass eindeutig nach Moder stank.

Von etwas, das Selma in ihrer Verzweiflung aus dem Keller hoch geschleift hatte, während ich mit fiebrigem Kopf die Bücher nach Lösungen durchforschte. Brennend nach Hargrimmsons berauschenden Küssen, hatte sie ihren fast verendeten dämonischen Liebhaber zu sich ins Bett gezerrt, um noch ein letztes Mal –

Meine Gedanken zerfaserten, als eine unbeschreibliche, halbverweste Monstrosität aus dem Bett rollte und über die vor Überraschung wie gelähmt dastehende Killerin kam. Zähne blitzen auf, bissen mit grotesker Endgültigkeit zu, schlangen gierig Fleischbrocken hinab. Wie bei einem Haiangriff.
Plopp, plopp, plopp.
Frau X schoss nun doch. Und kreischte. Auch Olafsons Waffe spuckte Feuer.
Plopp, plopp, plopp.
Mein Gott: Selma lag mitten in der Schusslinie und Olaf Olafson war wie von Sinnen. Er plärrte inzwischen viel lauter als seine Mietmörderin. Einer seiner ungezielten Schüsse fraß sich in die Brust der Frau. Empört sah sie Olafson an und feuerte mit letzter Kraft zurück. Das linke Rad des Rollstuhls wurde getroffen und verformt. Die Kugel sauste als heulender Querschläger durch das Zimmer. Die Hargrimmson-Kreatur zerrte davon unbeeindruckt ihr Opfer zu Boden. Seine Kiefer umfingen mit grausiger Endgültigkeit das Gesicht seiner Mörderin …
Würgend schloss ich die Augen und fiel taumelnd zu Boden – genau neben das schmatzende Ungeheuer und seine zappelnde Beute.

Wahre Liebe
gibt es nur im Märchen, heißt es. Doch nicht nur dort.
Wimmernd drückte sich Selma hoch auf alle Viere. Sie quälte ihren bloßen Körper über den kalten Boden – hin zu (wie weh mir dieser Anblick tat!) Olaf Olafson. Der blonde Verbrecher saß schlotternd in seinem schiefen, unbrauchbar gewordenen Rollstuhl und brabbelte vor sich hin. Zeigte mit seiner Waffe auf den sich labenden Hargrimmson. Zum Glück feuerte er gerade nicht.
„Olaf … mein armer Olaf …“, weinte Selma und kroch weiter. Er schien sie erst jetzt zu bemerken, sich mühevoll am Rollstuhl hochziehend, nackt und verletzlich.
„Selma … meine Güte, was ist nur mit dir geschehen? Was … ist das da nur?“, heulte Olafson und deutete auf ein frisches Bissmal an Selmas weichem Bauch. Die violett-gelbe Schwellung leuchtete obszön auf der bleichen Haut.
„Ja, da siehst du, was er mit mir gemacht hat …“
„Hargrimmson – du Hundesohn!“, schrie Olaf wie irre, streckte seine Hand an Selma vorbei und fing wieder an zu schießen.
Plopp, plopp, plopp.
Die Kugeln zischten wie durch ein Wunder an mir vorbei und verschwanden in der schwammigen Haut des Monstrums. Es stöhnte entsetzlich auf und hörte auf zu nagen.
Plopp, plopp – klick.
Leergeschossen.
Endlich.
Gott sei Dank.
Klick, klick, klick …
„Was er mit mir gemacht hat, als du nicht da warst“, redete Selma schluchzend weiter.
„Es … das tut mir leid.“
„Ja, bestimmt. Du hättest mich damals wenigstens warnen können, als du mir auf den Anrufbeantworter sprachst. Ich hatte ja keine Ahnung, wie gefährlich Kristian Hargrimmson war.“

„Es tut mir so unsäglich leid, Selma. Ich war … völlig kopflos, als er die Nummer mit der Kläranlage brachte.“
„Das ist mir klar. Ich verstehe dich doch“, flüsterte Selma und drückte seinen verschwitzten Kopf zärtlich an ihre fröstelnde Haut. „Aber du begreifst sicher, dass ich darüber sehr enttäuscht bin. Ich dachte, du liebst mich nicht mehr.“
„Natürlich liebe ich dich!“, schwor Olaf Olafson und ich sah sogar Tränen in seinen kalten Augen blitzen. Mir wurde speiübel, weil ich spürte, dass er ihr nichts vorspielte.
„Natürlich liebst du mich“, wisperte meine schwarzhaarige Angebetete – und hieb ihm ihren Ellenbogen völlig unerwartet mit voller Wucht auf die Nase! Er keuchte, während Blut aus seiner gebrochenen Nase strömte. Selma wand ihm die Waffe mit erstaunlicher Kraft aus der Hand und richtete sich auf. „Erst hast du vor lauter Liebe vergessen, mich zu warnen – und in einem wahren Liebestaumel hast du mich eben gerade fast erschossen.“
„Verzeih mir, liebste Selma! Ich habe alles falsch gemacht. Aber ich mach's wieder gut. Ich weiß genau, wie ich dir und mir helf- …“
Weiter kam er nicht, denn der Pistolenknauf traf seine Schläfe und machte ihn besinnungslos. Keuchend brach Selma neben ihm in die Knie und begann laut zu schluchzen. Fassungslos blickte ich sie an. Irgendwie schaffte sie es, mir zuzuzwinkern. „Ich hab dir doch mal gesagt, dass ich auch nicht ungefährlich bin. Du siehst, ich habe nicht gelogen.“
„Eine vermaledeite Schande“, keuchte da das Hargrimmson-Monstrum neben mir. Schaudernd betrachtete ich die teigigen Züge mit den weißlich-blauen Augen.
„Wieso?“
„Meine Kraft reicht nicht mehr aus, um mich … gebührend … an Olaf Olafson zu rächen. Na, wenigstens habe ich es diesem Miststück hier noch richtig heimgezahlt. Doch jetzt darf ich mich nicht mehr rühren. Mein Leib wird bei der geringsten Bewegung einfach zerfallen.“
„Das darf nicht sein! Selma …“, flehte ich.
„Ich weiß. Du liebst sie. Sogar ich habe sie … beinahe … geliebt. Soweit ich es vermochte. Aber ich war wieder maßlos. Ich habe sie zu oft gebissen und mich an ihr berauscht in unserer kurzen gemeinsamen Zeit. Deswegen ist sie sehr, sehr ausgelaugt.“
Seine grässlichen Leichenlippen bewegten sich kaum noch. Er war sehr schwer zu verstehen.
„Ich … muss unsere Vereinbarung etwas abändern, Pastor.“
„Wieso das?“, ächzte ich. „Ich habe getan, was ich konnte. Ich kann nichts dafür, dass Olafson uns zuvorkam. Ich hätte dich schon zu ihm gebracht, damit du …“
„Still! Hör zu! Kaum noch Zeit! Dies ist die Änderung: Schwör mir bei Gott, dass *du* … meine Rache vollenden wirst! Und zwar genau so, wie ich es wollte!“
„Unmöglich! Selbst wenn ich es wollte: Wie soll das gehen? Ich bin nicht wie du!“, wehrte ich ab.
„Björn! Tu es, wenn du mich liebst. Versprich es ihm, bitte!“, flehte da Selma Lugast hinter mir. Sie schob sich mühselig zu mir her. „Bitte. Ich werde endlich dir gehören. Mit Leib und Seele. Ich werde dich lieben und verehren. Bitte …“
Da gab es kein weiteres Überlegen mehr.
So schwor ich beim Allmächtigen, alles so zu tun, wie Hargrimmson es wollte. *Alles.* Er röchelte mir dafür die Anweisungen ins Ohr, um das Ritual richtig durchzuführen.
Kaum war er fertig, zerfloss sein widerlicher Leib zu einer unbeschreiblichen Pfütze. Nur das diabolische Gebiss des Duad-Lasaq blieb heil. Und wartete auf mich.

Ich schwor alles – für Selma.
Wahre Liebe gibt es eben nicht nur im Märchen.

Das neue Lächeln
habe ich mir durch unmenschliche Marter erkauft.
Mir selbst alle Zähne auszureißen, während ich eine bestimmte Formel wieder und wieder in Gedanken herunterbetete, war eine Tat jenseits normaler menschlicher Erfahrungen. Hätte Selma mich nicht nach jedem qualvollen, brennenden Zerren gehalten und liebkost, hätte ich es nicht geschafft. Der Mensch hat viel zu viele Zähne. Mein Gott: *sechsunddreißig*!
Irgendwann war das Unmögliche geschafft. Ich bugsierte mir das notdürftig gesäuberte unheilige Gebiss auf mein heftig blutendes Zahnfleisch. Zuerst brannte es darauf wie Säure, dann bohrten sich … so etwas wie feine … Tentakel in meinen Kiefer und verhakten sich.
Das Allerschrecklichste stand mir allerdings noch bevor.
Zuerst trug ich trug Selma ins Wohnzimmer und legte sie auf die Couch. Zum Schlafen. Sie musste sich ausruhen. Ich deckte sie zu. Danach ging ich zurück ins Schlafzimmer und nahm mir zwei Flaschen Schnaps mit. Zur *Verdauung* …
Olaf Olafson, längst von mir geknebelt und mit Draht an seinem Rollstuhl fixiert, erwachte rasch aus seiner Bewusstlosigkeit, als ich ihm seine linke Hand abbiss. Es ging verblüffend leicht. Beinahe wie bei einer Bratwurst. Dass da Knochen waren, spürte ich kaum. Und wie dehnfähig dieses Gebiss meinen Mund machte!
Schnapp.
Wer hatte Inga Björnson drogenabhängig gemacht? Olaf Olafson!
Schnapp.
Wer steckte hinter den Schutzgelderpressungen in Industriegebiet? Olaf Olafson!
Schnapp.
Wer beherrschte die Drogenszene im Umkreis von fünfzig Kilometern? Olaf Olafson!
Schnapp.
Und so weiter und so fort et cetera? Olaf Olafson!
Schnapp. Schnapp. Schnapp.
Fast zwölf Stunden fraß ich, bis Olafson endlich vertilgt war (Hargrimmson war ja weitaus geübter mit dem Gebiss und dadurch viel schneller als ich gewesen). Durch die Zauberkraft der Zähne bekam der Schurke das meiste davon noch mit.
Als diese an sich undenkbare Tat vollbracht war, ließen die Zahnschmerzen nach. Das Lächeln der Hölle gehörte mir nun voll und ganz.
Diese Zähne sind wirklich unglaublich. Welche Mengen ich dadurch trinken und essen kann – und was ich alles verspeisen kann …
Du sollst nicht töten, heißt es im fünften Gebot.
Doch tötete ich lieber Olaf Olafson als dass Selma starb.
Lieber tötete ich Olaf Olafson als dass er weiterhin andere töten konnte.
Nur dass wir uns nicht missverstehen: Selma Lugast ist kein Engel.
Wer wüsste das besser als ich? Nun ja: Olaf Olafson vielleicht ...
Nicht umsonst habe ich sie recht schnell nach dem völligen Abbrennen von Hargrimmsons Villa (für diese Brandstiftung bin ich verantwortlich; alle Spuren mussten ja in Flammen aufgehen) auf eine bestimmte Passage des *Colloquia infernales* aufmerksam gemacht. Daraus geht

hervor, dass man sich keinesfalls von der Abhängigkeit von den Bissen heilen kann, indem man *selbst* Träger des Gebisses wird. Nur, damit sie nicht etwa auf falsche Gedanken kam. Ich lächelte dazu so betörend, dass sie nie wieder mir gegenüber auf falsche Gedanken kommen wird - kommen kann.
Und der Sex mit Selma ist so weit über dem, was Menschen sonst so erleben. Es ist, als ob ich mit drei Frauen gleichzeitig im Bett wäre. Nach meinem Biss gerinnt Selmas Blut fast sofort. Dafür schwillt die Wunde an. Nach etwa einer halben Stunde tritt eine hellgrüne, perlende Flüssigkeit aus, deren Genuss und Duft einen wahren Taifun der Lust hervorrufen. Die Haut glüht, die Beweglichkeit nimmt zu, die Potenz auch. Liebesakte, während derer die Stunden nur so verfliegen, sind möglich. Das, was man Orgasmus nennt, ist der Grundzustand, für die eigentlichen Höhepunkte gibt es kein Wort, keine Beschreibung. Am Berauschendsten ist der Ausdruck von Selmas Katzenaugen, ihre vollkommene, rückhaltlose Hingabe, ihre abgrundtiefe Liebe zu mir …
Nur Maß halten muss man. Und das gelingt mir. Ich bin nicht so zügellos wie Kristian Hargrimmson. Selma hat sich inzwischen vollständig von seinen zu häufigen Bissen erholt und ist bester Gesundheit. Manchmal wundert sich jemand, dass sie ein bisschen eigenartig riecht. Was soll's? *Mich* stört das nicht.
Als Diener meines Gottes vollbringe ich weiterhin Gutes. Viel mehr als früher. Die Zeiten, wo ich nur zusehen und still die Fäuste ballen konnte, sind endlich vorbei.
Vieles wird sich künftig verbessern in Thularstad. Der Bürgermeister wird der neuen Kindertagesstätte nun doch zustimmen. Die Schäfchen meiner Gemeinde werden zahlreicher werden. Und sie werden endlich das, was ich ihnen predige, auch im Alltag umsetzen. Selbst Erica Berling, diese Schnepfe! Und wer nicht hören will, wird fühlen.
Und noch viel mehr wird geschehen.
Denn, beim allmächtigen Gott, all das kostet mich nur: *ein Lächeln …*

IN DER FINSTERNIS GEDULDIG BRÜTEND …

Hades' Throat, diese gewisse Engstelle des Ravenhurst Valley, war schon seit Menschengedenken ein verrufener Ort. Warum, dass wusste niemand ganz genau. Die Bewohner der beiden im Tal liegenden Gemeinden, Ravenhurst und Barkertown, mussten das Tal und damit auch die besagte Engstelle notgedrungen von Zeit zu Zeit passieren. Kaum jemand wagte dies bei Nacht. Die meisten Ortsansässigen spürten einen unerklärlichen Schauder im Nacken, wenn sie sich zwischen den dicht beieinander aufragenden, gezackten Granitwänden befanden. Ihren Vorfahren war es nicht anders ergangen.

Hank Jeffreys war für solches Spukzeug nicht empfänglich. Lachend gab er Gas und trieb sein Motorrad, eine schwere Enduro-Maschine, vorwärts. Die Nacht war stockfinster, der Halbmond wurde von dicken Wolken verborgen. Na und? Dafür hatte das Motorrad ja einen Scheinwerfer!

Früher hatte nur ein einfacher Waldpfad durch die etwa dreißig Yards breite Engstelle geführt. In späteren Jahren legte man eine Schotterpiste an. Vor achtzehn Jahren wurde schließlich eine ordentliche Straße realisiert. Dennoch behaupteten einige der alten Männer, die sich im *Castleview Inn* in Ravenhurst trafen, dass trotz der modernen Straße vor allem im Hades' Throat eine Atmosphäre geradezu abnormer Primitivität herrschte. Manche der jungen Leute spotteten allerdings über solches Gerede und taten es als abergläubisches Säufergewäsch ab. Hank Jeffreys war einer von ihnen.

Auf einer Anhöhe über Ravenhurst liegt die Ruine von Ravenhurst Castle. Der ehemalige Stammsitz der Wallaces war im Jahre 1814 einem verheerenden Brand zum Opfer gefallen. Das Feuer legte der letzte Earl, Sir Cecil Wallace, in einem Anfall von Wahnsinn; er fand den Tod in den Flammen. Seine zerstörerische Geisteskrankheit wurde durch ein schreckliches Ereignis etwa ein Jahr zuvor ausgelöst: das rätselhafte, nie aufgeklärte, spurlose Verschwinden von Lady Agatha Wallace. Cecil vergötterte seine junge Gemahlin und verwand ihren Verlust nie.

Natürlich musste auch Hank Jeffreys während seiner wenig erfolgreichen Schulkarriere die geschwärzten Überreste von Ravenhurst Castle besuchen und natürlich kannte er auch die Geschichte und das vor den Flammen gerettete Gemälde der hübschen, blonden Lady Agatha. Großartig interessiert hatte ihn das nie. Hank lachte wieder. Er war einundzwanzig Jahre alt. Ihm gehörte die Welt! Jetzt ging es durch Hades' Throat, vor dem alle solche Angst hatten. Er nicht. Er kannte Ravenhurst Valley wie seine Westentasche, auch diese Passage hier. Kein Grund, langsam zu fahren. Nur glatter Asphalt vor ihm, über den er wie gewohnt hinwegfegen konnte.

Nein – doch nicht!

Er hatte nicht wirklich mit einem Hindernis gerechnet und bremste zu spät, um noch rechtzeitig zum Stehen zu kommen. Wie eine große Asphaltblase sieht das aus, dachte er noch, als er mit etwa fünfzehn Meilen auf das Ding prallte. Der Aufprall! Die Schmerzen! Dennoch wurde Hank Jeffreys nicht besinnungslos, als er zu Boden fiel. Neben ihm krachte seine Maschine auf. Er war völlig verwirrt und orientierungslos. Erst nach langen Minuten begriff er, welches Glück er gehabt hatte, dass ihn die Enduro nicht zerquetschte.

„So ein Dreck!", jammerte Hank, denn der Preis dafür, dass sein Verstand wieder klarer wurde, war, dass er nun auch die Schmerzen in seinem ganzen Körper zu spüren begann.

„Mann, hab ich mir etwa *alles* geprellt? Hoffentlich ist nichts gebrochen! Scheiße!“
Der Mond befreite sich aus dem Griff der Wolken und tauchte gnädigerweise alles in sein schwächliches Licht. So konnte Hank sich erst begutachten und dann vorsichtig aufstehen. Er hinkte rechts etwas, aber ernsthaft verletzt war er nicht.
„Auf was bin ich da eigentlich draufgefahren?“, stammelte er, nachdem er wieder etwas klarer denken konnte. Seine suchenden Augen fanden bald die eigentümliche Aufwerfung des Straßenbelags. Die Blase war etwa ein Yard hoch und so breit wie die halbe Fahrbahn. Hank stand etwa acht Yards von dem Gebilde entfernt.
„Mistding! Ist doch kein Hochsommer … und selbst dann dürfte das doch nicht so 'ne Verwerfung geben. Dazu bräuchte man ja das Fegefeuer!“, fauchte Hank und drohte der Asphaltblase mit der Faust. Wütend hinkte er näher heran und legte seine linke Hand auf eine Stelle des harten Wulstes, der ihm beinahe zum Verhängnis geworden wäre. Nach einer Sekunde zog er jedoch seine Hand zurück, als ob er einen Stromstoß erhalten hätte. Das war doch kein harter Straßenbelag, sondern etwas anderes … etwas, das er noch nie berührt hatte und das ihn mit einer bisher unbekannten Art von Furcht erfüllte: *Urangst*.
„Scheiße! Nur weg hier! Muss Sally anrufen. Sie muss mich abholen!“
Da erlosch ohne Vorwarnung das Mondlicht. Erschrocken strauchelte er und fiel schmerzhaft auf seinen Hintern. Schon wurde es wieder hell. Hank betete aus tiefster Seele, als ein widernatürliches Leuchten aus der sich nun schleimig öffnenden Asphaltblase drang. Worte konnten die irrlichternden Farbnuancen dieses hypnotischen Strahlens nicht beschreiben. Das Schlimmste für Hank Jeffreys war aber die Gewissheit, dass er nichts anderes vor sich hatte als ein einziges titanisches, unirdisches *Auge*! Das erbarmungslose Starren des Gebildes lähmte sein Denken und seine Bewegungen. So bekam Hank nur am Rande mit, dass sich immer mehr Lebewesen zu ihm gesellten – Tiere, die von dem Schein angelockt wurden wie Motten. Fasane, Kaninchen, Mäuse und sogar ein Hirsch umstanden mittlerweile das glimmende Fanal des Verderbens, zur Regungslosigkeit verdammt.
Irgendwann erinnerte sich Hank Jeffreys dann doch noch an sein Handy. Gerade als er Sally Ashtons Nummer gewählte hatte, ertönte ein fürchterliches *klebriges* Ratschen. Die Straße unter ihm erzitterte. Hank schrie wie am Spieß, als der Untergrund plötzlich nachgab. Und schon stürzten er und die anderen Lebewesen, die sich um das widerwärtige Auge versammelt hatten, in eine Dunkelheit, die hier doch eigentlich nicht hätte sein dürfen …

♦

Lady Agatha Wallace stöhnte vor Qual laut auf, als sie endlich wieder zu sich kam. Sie hatte sich das rechte Bein beim Sturz vom Pferd gebrochen. Dabei hatte Blizzard sie vorhin (wann genau?) nicht einfach abgeworfen. Nein, sie war sich ganz sicher, dass der Boden, über den der schwarze Hengst gelaufen war, unerwartet hoch gedrückt worden war.
„Wäre ich doch nur nicht diesem Reh weiter gefolgt“, murmelte sie und strich sich eine blonde Locke aus dem Gesicht. „Verwünschtes Jagdfieber! Es ist doch schon Abend und dann reite ich ausgerechnet in Hades' Throat hinein. Gewiss, ich habe dem Geistergerede der Bediensteten – und meines lieben Gemahls – nie wirklich Glauben geschenkt. Ich bin nicht hier geboren, da fällt einem das leichter. Eine Närrin bin ich trotzdem: Die Speisekammer von Ravenhurst Castle ist reichlich gefüllt und ich breche mir hier fast den Hals wegen eines Stücks Wildbret! Das Bein ist schlimm verletzt. Der Unterschenkel sieht so scheußlich aus, wie er schmerzt. Ob es mir wohl gelingt, mich am Steigbügel hochzuziehen?“

Agatha sprach den Hengst an, der wie eine Statue neben ihr stand: „Blizzard! Guter Junge. Komm ein bisschen näher, damit ich …“
Die Worte erstarben auf ihren Lippen, als sie bemerkte, welch ein unnatürliches Licht das Unterholz durchflutete. Sie sah sich um und erstarrte, als sie etwa zehn Yards hinter sich ihre Jagdflinte auf dem Boden liegen sah. Genau daneben stand das Reh, hinter dem sie her gewesen war. Und noch viele andere Tiere. Sie alle badeten im Schein eines riesigen Augapfels, das nur dem Satan selbst gehören konnte. *Dort – genau dort ist der Boden in die Höhe gegangen. Deshalb strauchelte Blizzard und ich stürzte - O mein Gott, hilf mir!*
„Blizzard! Wir müssen weg! Bitte, komm doch! So komm doch her zu mir!“, bettelte sie in einem fort, doch umsonst. Der treue Hengst war wie gebannt.

♦

Hank Jeffreys galt bereits seit vier Tagen als vermisst, als Sally Ashton das Polizeirevier von Ravenhurst betrat. Es war 20:39 Uhr. Constable Timothy Stroud wurde aus seinen ungesunden Tagträumen gerissen. Er blinzelte erstaunt, als er das bleiche Mädchen mit den langen, weißblonden Haaren erblickte. Genießerisch registrierte er ihre bloßen Füße, die in türkisfarbigen Flip-Flops steckten. Der Rest der achtzehnjährigen Sünderin war auch nicht zu verachten, fand er und bemühte sich, eine dienstliche Miene aufzusetzen. *Das ist ein Fingerzeig des Schicksals. An dir werde ich das Zeug, das ich letztens in der Disco beschlagnahmt habe, als erste testen, wenn sich die Gelegenheit ergibt, Süße.*
„Hi, Stroud.“
„Hallo, Sally. Welch ein unerwarteter Besuch. Du kommst freiwillig auf die Wache? Sonst müssen wir dich und deine Freunde ja immer wegen irgendeinem Unfug herbringen.“
Sally ging nicht darauf ein. „Haben Sie Hank inzwischen gefunden?“
„Nein. Keine Spur von ihm, sorry“, entgegnete Stroud, der Hank Jeffreys, diesen jungen Kleinkriminellen, kaum vermisste. „Ist dir noch was dazu eingefallen?“
„Eingefallen ist mir nix. Aber er hat angerufen.“
„Heute? Dann geht es ihm also gut?“
„Nö, nicht heute, Stroud.“
„Du kannst mich ruhig Tim nennen, Sally“, meinte der Constable und grinste falsch. *Hübscher Minirock. Du bist wirklich die ideale Testperson. Ab jetzt wird das Leben richtig spannend.*
Sally verdrehte ihre Augen. „ In der Nacht seines Verschwindens hat er angerufen.“
„Was? Und das sagst du mir erst heute? Was sind das denn für Spielchen?“
„Reg dich ab, *Tim*. Ma hat mein Handy zwei Tage vor Hanks Verschwinden eingesackt, weil ich nicht gespurt habe. Sie hat’s mir erst vor ’ner Stunde wiedergegeben. War die ganze Zeit ausgeschaltet. Hanks Wahlwiederholung ruft seit vier Tagen immer wieder an. Ich bin rangegangen, aber er sagt nichts. Man hört nur so komische Geräusche …“
Sie schaltete auf Lautsprecher, damit der Constable mithören konnte.

♦

Der zweite, weitaus grässlichere Sturz hatte Agatha Wallace in eine lange Ohnmacht gerissen. Zu sich gekommen war sie in der gestaltgewordenen Hölle. Sie lag in so etwas wie einer weiten, fleischigen Höhlung, die von einem kränklich-violetten Glimmen spärlich erhellt wurde. Ein unbeschreiblicher Geruch verpestete die Luft, so dass jeder Atemzug zur Pein wurde. Lady Wallace war eine passionierte Jägerin, der man nicht so leicht Angst einjagen konnte, aber diese Umgebung machte sie innerhalb weniger Stunden zu einem nervlichen Wrack.

Sie versuchte zu beten. Vergeblich. Gegen solch einen zutiefst unirdischen Anblick konnten keine erdgeborenen Worte helfen. Die Wände der bestimmt vierzig Yards im Durchmesser betragenden Höhle waren mit ständig winkenden Fühlern bedeckt, die sie ständig betasteten. Es gab kein Entkommen vor diesen Berührungen. Diese Greiffortsätze waren einfach überall. Und wie furchtbar lang und groß sie waren …

♦

„Hm, vielleicht liegt er ein Stück von dem Handy weg. Was machen wir denn da?“ Stroud überlegte eine Weile und meinte dann: „Warte! Ich ruf schnell bei unserem Spezialisten an. Der kann das Handy ganz exakt orten.“

Fünf Minuten später sagte er: „OK, bei dem ist alles klar. Und jetzt schrei mal so richtig laut. Vielleicht hört dich Hank dann und antwortet.“

Das Mädchen nahm all ihren Mut zusammen und brüllte: „Hank? Hank! Bist – du – da?“

Zuerst geschah nichts. Dann aber brandete ein irres und lange anhaltendes Geschrei aus dem Handy. Erst nach und nach konnte man etwas verstehen; vor allem *Sally; Hades' Throat*; *wir sind gerettet*; *an mein Handy gar nicht mehr gedacht* – und mehrfach allen Ernstes: *Monstergrotte.*

Timothy Stroud wollte eigentlich darüber lachen. Die Art des Geschreis verhinderte es. So gepeinigt klang es, dass es schwer auszuhalten war. Und diese Lautstärke! Er konnte kaum die Bestätigung der Koordinaten durch die Satellitenortung verstehen. Zweimal fragte er etwas nach, weil er glaubte, sich verhört zu haben. Schließlich legte er auf und meinte mit käsigem Gesicht. „Ich kann's kaum glauben, aber sein Handy ist … im Hades' Throat. Genauer gesagt: ein paar Yards *darunter* …“

„Hank? Halt durch. Wir kommen dich gleich holen“, murmelte Sally roboterhaft und klickte das Gespräch weg. Sie hatte das Schreien nicht länger ertragen können. Wie ein Geist sah sie aus. Trotzdem nickte sie, als Tim Stroud sie fragte, ob sie mitfahren wolle. Der Constable lächelte innerlich. Er rief noch rasch Doc Franklin und Leslie Harrod an. Anschließend füllte er im Nebenzimmer der Polizeiwache grinsend den Flachmann mit dem Whisky – und mit noch etwas. Der Spezialflachmann. Das war der erste Fehler …

Eine Monstergrotte unter der Straße. So ein Quatsch! Herrje, Jeffreys hat offensichtlich nicht mehr alle Tassen im Schrank. Umso besser für mich. Wenn die Kleine hält, was ihr Aussehen verspricht, kann ich vielleicht sogar an was Längerfristiges mit ihr denken …

♦

Drei Wagen, die aus Ravenhurst gekommen waren, hielten gegen 21:40 Uhr kurz vor Hades' Throat: Ein Einsatzwagen der Polizei, ein alter, brauner Vauxhall und ein LKW des Straßenbauamts. Aus dem Polizeiwagen stiegen Constable Timothy Stroud und Sally Ashton, aus dem Vauxhall kletterte mühsam Doc James Franklin und aus dem LKW sprangen der Leiter des Straßenbauamts, Leslie Harrod, und sein altgedienter Mitarbeiter Arnie Miller.

„Danke, dass Ihr gekommen seid“, begrüßte der Constable die anderen Männer.

„Hoffentlich lohnt die Mühe überhaupt“, knurrte Harrod. Der stets stoische Miller brummte etwas und zündete sich eine Zigarette an.

„Ich bin's seit Jahrzehnten gewohnt, zu den unmöglichsten Zeiten aus den Federn zu kriechen“, winkte der alte Doc Franklin melancholisch lächelnd ab.

„Und du meinst wirklich, dass wir den Bagger brauchen?“, fragte Harrod. „Wie soll der Bursche denn unter die Straße gekommen sein? Die Fahrbahn ist völlig unversehrt.“

„Leider sprechen die Ergebnisse der Satellitenortung eine andere Sprache.“

„Vielleicht ist auch nur das Handy im Asphalt versteckt worden, um uns reinzulegen", meinte Arnie Miller. „So was geht ziemlich problemlos."
„Los, fahren wir ein Stück weiter in die Engstelle rein und sehen uns alles genau an", schlug Timothy Stroud vor. Das war der zweite Fehler …
Bald parkten die Wagen direkt im Hades' Throat. Archie Miller und Leslie Harrod hatten Absperrgitter aufgestellt, auch wenn zu dieser späten Zeit kaum mit einem durchfahrenden Fahrzeug zu rechnen war. Miller hatte auch den kleinen Bagger über die ausklappbare Rampe vom LKW heruntergefahren.
„Wirklich, Tim, das ist doch alles Blödsinn. Als die Straße gebaut wurde, hat man doch auch die Tragfähigkeit des Untergrunds getestet. Wenn hier wirklich eine Höhle unter der Fahrbahn wäre, dann …"
„Jeden Yard wird man wohl kaum getestet haben, Leslie, oder? „Ich will nicht die Qualität der Arbeit deiner Amtsvorgänger in Frage stellen. Hier geht es allein darum, ob unser Vermisster da unten ist oder nicht. Er könnte ja durch ein Loch neben der Straße in die Höhle eingestiegen sein und dieses Loch ist danach eingestürzt."
„Warum suchen wir dann nicht dieses angebliche Loch, statt die Fahrbahn zu ruinieren?"
„Sofern die Grotte existiert, ist ihre Decke wohl äußerst stabil, sonst wäre sie beim ersten darüber fahrenden LKW eingebrochen. Wenn wir da eine Öffnung rein bekommen, können wir Jeffreys sicher und schnell bergen, ohne in einem Tunnel verschüttet zu werden."
„Und du bist dir sicher, dass wir hier nicht verarscht werden?"
„Seit ich vorhin das Geschrei des Jungen am Telefon und Sallys Reaktion darauf mitbekommen habe, bin ich weniger skeptisch, um es mal so zu sagen. So gut kann man gar nicht spielen. Schau dir doch das Mädchen nur an."
Sally Ashton hielt sich von den Männern fern. Sie lehnte am Polizeiwagen. Ihr war schlecht. Sie sehnte sich nach dem *edlen Superwhisky*, den ihr Tim Stroud versprochen hatte, wenn alles vorbei war. Der kleine, silberne Flachmann stand im Getränkehalter der Beifahrertür.
„Aber noch nicht naschen", hatte der Constable vorm Aussteigen gesagt, ihr zugezwinkert und war ihr sogar mit der Hand durch die Haare gefahren. Wäre sie nicht so geschockt von Hanks verzweifeltem Gebrüll gewesen, hätte sie Stroud eine freche Rede gehalten.
Wie lange wollen die noch dastehen und quasseln? Hank ist da unten und die quatschen nur rum! Wenn sie ihn nicht bald da rausholen … so hat er sich noch nie angehört. Ich hab noch nie jemanden so abartig schreien hören. Ich trau mich nicht, mein Handy noch mal anzuschalten …
Für den Moment vergaß Sally den Whisky wieder. Sie ging wieder ein Stück näher an die anderen heran.
„Hier genau ist die Stelle!", verkündete Constable Stroud nach einem Blick auf sein Netbook, über das er Bildverbindung zur Spezialsoftware der Ortungsstelle hatte. Ihm war ziemlich flau im Magen. Zum einen lag das an dieser unheimlichen Bergungsaktion. Tim Stroud war in Ravenhurst geboren, genau wie die anderen drei Männer. Er war zwar erst 35 Jahre alte und damit deutlich jünger als die anderen, aber die Furcht vor Hades' Throat hatte auch er schon mit der Muttermilch aufgesaugt. Nur sein Pflichtbewusstsein ließ ihn hier aushalten. Obwohl: Ganz stimmte das nicht. Die erregende Aussicht, nachher, als strahlender Retter, noch ein paar besondere Früchte zu genießen, hielt die Angst ziemlich in Schach. Er lächelte still, als er an den Spezialwhisky dachte. Das laute Krachen des auf Asphalt treffenden Baggermeißels ließ ihn zusammenfahren. Leslie Harrod lachte deswegen ziemlich dämlich.

Keine der fünf Personen konnte ahnen, was sich gleich ereignen würde …
Archie Miller war ein Veteran der Straßenarbeit. Er hatte mit seinem Bagger schon unzählige Löcher in Straßen gegraben. Nach knapp drei Minuten merkte er, dass etwas faul war. Anfangs war er noch gut voran gekommen, doch inzwischen verhielt sich der Straßenbelag nicht mehr, wie er sollte. Archie machte weiter, in seinen Eingeweiden machte sich jedoch ein ziemlich unangenehmes Ziehen breit. Das war immer ein schlechtes Vorzeichen. Fluchend spuckte er seine fast aufgerauchte Zigarette aus und stellte den Bagger ab.
„Was ist denn los, Miller? Warum hören Sie auf?", fragte Harrod gereizt.
„Die Fahrbahn muckt, Chef. Die is' nich' normal. Ich komm nich' weiter durch."
„Unsinn! Los, machen Sie weiter, damit wir fertig werden. Ich will wieder ins Bett!"
„Na schön. Aber ich bin nich' schuld, wenn der Bagger dann'en Löffel abgibt."
Archie Miller startete den Bagger wieder. Das war der dritte Fehler. Damit weckte er etwas, das noch nicht so tief ruhte wie sonst.
Fünf weitere Minuten verrannen, doch er kam nicht einen Inch tiefer. Frustriert stieg er aus dem Führerhaus. „Es geht nich' – weiß der Teufel warum."
„Meine Güte, Miller! Sie werden doch ein Loch in diese Straße kriegen! Sie ist doch wohl kaum aus Granit oder Diamant, oder?", schimpfte Leslie Harrod und vollführte ein paar wütende Sprünge auf der Fahrbahn. Weil er so wütend war, registrierte er nicht sofort, dass die Straße unter ihm leicht *schwang*. Fast wie Gummi – nein, wie *Haut*!
Mit einem Mal ging alles ganz schnell. Ein boshaftes Knirschen, ein schwammiges Reißen – und der Untergrund zog sich schnappend zurück. Tim Stroud, Leslie Harrod, Archie Miller, der Bagger, der LKW und der Vauxhall – alles stürzte in eine violett glimmende, feuchtwarme Grotte, deren bloße Anwesenheit allen menschlichen Denkgesetzen widersprach. Nur der Polizeiwagen stand noch oben. Sally Ashton, die sich im letzten Moment umdrehte und losgerannt war, hatte es nicht ganz geschafft. Wimmernd hing sie am Rand der diabolischen Grube und hielt sich mit aller Kraft fest. Zum Glück war sie leicht und früher eine gute Turnerin gewesen. Der Odem, der aus der klaffenden Unterwelt aufstieg, löste einen Brechreiz in der Kehle des Mädchens aus.
Fast neun Yards tiefer stemmte sich Tim Stroud hoch und stellte erstaunt fest, dass er noch lebte. Die ominöse, stark klebrige Masse, auf die er gefallen war, hatte ihn vor Knochenbrüchen bewahrt. Archie Miller hatte nicht soviel Glück gehabt. Der Bagger war auf ihn gefallen. Doc Franklin wischte sich violetten Schleim vom Gesicht und murmelte: „Mein Gott!"
Der sonst so großmäulige Leslie Harrod schluchzte nur.
Im Zentrum der momentan zum Himmel hin offenen, von sich windenden Tentakeln erfüllten Grotte ragte so etwas wie eine elliptische Säule aus merkwürdig geformtem organischem Material in die Höhe. Ihr bloßer Anblick war schon schrecklich genug. Noch schlimmer wurde es, als sich nun noch in der Spitze dieser Säule Lider öffneten, um ein riesiges, fürchterliches, schimmerndes Auge zu enthüllen. Niemand brachte ein Wort heraus. Zu unfasslich, zu seelenzermalmend war dies alles für die Neuankömmlinge.
Schließlich zirpte da noch eine Stimme, weit jenseits dessen, was ein geistig gesunder Mensch an Tönen vollbringen kann: „Saaalllyyy! Du bist gekommen! Ich wusste es."
Obwohl Sally Ashton sich in so einer bedrohlichen Situation befand, wurde sie durch diese Stimme dazu gezwungen, ihren Kopf zu drehen. Ihr ganzes Gesicht verzog sich in panischem Schrecken, als sie die Gestalt sah, in der mehrere dicke Tentakel vergraben waren und die sich

kaum noch rühren konnte. Grausamer als der Anblick des gezeichneten Hank Jeffreys war jedoch der steife Körper einer hübschen, blonden Frau, den er in seinen Armen hielt und zu dem er jetzt sprach: „Siehst du, Lady Agatha, die treue Sally ist da. Wir sind gerettet. Wir kommen hier heraus, liebste Agatha. Und du wolltest mir nicht glauben."
Etwas in Sally reagierte instinktiv, bevor ihr der Wahnsinn den Verstand zerbeißen konnte. Sie zappelte wild mit den Beinen, bäumte sich auf, schrie – irgendwie gelang es ihr, sich über den wulstigen Grubenrand zu ziehen. Nur einen Augenblick später schloss sich die Decke der Grotte rasend schnell und schnappend. Hätte Sally auch nur eine Sekunde länger gebraucht, wäre sie zerquetscht worden. Schluchzend stürmte sie barfuss zu dem Polizeiwagen (der Schlüssel steckte zum Glück), setzte sich hinein, ließ den Motor an und raste davon. Wäre das Auge der unterirdischen Kreatur nicht so mit seinem neuen, völlig ungeplant eingetroffenen Opfern beschäftigt gewesen, wäre ihr niemals die Flucht gelungen.

♦

„Sally wird bestimmt Hilfe holen", flüsterte Timothy Stroud.
Er hielt die Flip-Flops des Mädchens, die ihr beim Hinausklettern von den Füßen gefallen waren, in den Händen wie zwei Rettung verheißende Glücksbringer. *Mein Handy hab ich im Wagen vergessen. Die anderen haben keins dabei. Der Akku von Hanks Handy ist mittlerweile leer. Das Netbook ist unterm Bagger. Was für eine Scheiße!*
„Ja, klar: Die ganze Armee wird anrücken, uns retten und das alles hier zu blutigem Matsch schießen", entgegnete Leslie Harrod, der sich inzwischen etwas gefangen hatte.
„Hoffentlich beeilen sie sich", ächzte Doc Franklin, nachdem er Hank untersucht hatte. „Diese Tentakel sind fest mit seinem Fleisch verbunden. Und so wie die an uns rumtasten, haben die mit uns das Gleiche vor wie mit Hank und den anderen hier. Großer Gott … "
Sie alle versuchten, Hanks Dauergespräche mit der so lange vermissten Lady Agatha Wallace zu ignorieren. Vergebens …
In der Tat hätte trotz der drei Fehler noch Hoffnung für die Eingeschlossenen bestanden, wenn nicht Sally bereits nach einer Meile angehalten hätte. Ihr ging es so furchtbar schlecht. Sie konnte kaum das Auto lenken. Da fiel ihr der Flachmann ein. Sie stieg aus und nahm einige großzügige Schlucke zur Beruhigung. Kurz darauf tat Timothy Strouds Spezialwhisky seine Wirkung. Infolge der darin enthaltenen K.-o.-Tropfen erlitt Sally eine partielle Amnesie. Einen Tag später stolperte sie mit blutenden Füßen nach Ravenhurst, ohne eine Erinnerung an die Ereignisse im Hades' Throat. Von da an war es ihr unmöglich, die Straße durch Ravenhurst Valley (und vor diese gewisse Engstelle) zu passieren, obwohl sie nicht sagen konnte, warum. Ihr Schreikrampf beim ersten Versuch war so herzzereißend, dass niemand mehr einen zweiten Versuch wagte. Nach einem Jahr zog Sally mit ihren Eltern nach London, weit weg von der allgegenwärtigen Natur in Ravenhurst Valley
Doc Franklin war Witwer, Archie Miller eingefleischter Junggeselle. Leslie Harrod hasste seine Frau und hatte ihr wie immer keine Nachricht hinterlassen, wohin er gefahren war. Der frisch geschiedene Constable Timothy Stroud war viel zu erregt gewesen, die K.-o.-Tropfen zum ersten Mal zu testen, um in der Polizeistation eine Notiz zu hinterlassen. So verursachte der Möchtegernvergewaltiger in Uniform nicht nur seinen eigenen Tod, sondern auch den von drei unschuldigen Männern. Dafür, dass der diensthabende Mitarbeiter der Ortungsstelle in jener Nacht alkoholbedingt einen tödlichen Treppensturz erlitt und so tragischerweise keine Hinweise zur Auffindung der Vermissten leisten konnte, konnte Stroud freilich nichts.

Mein Name ist Lady Agatha Wallace. In meinem Jagdrock führe ich stets ein Notizbuch nebst Feder und Tinte mit. Dies werde ich nun nutzen, um mir das Sterben zu erleichtern. O mein Gott, was für ein unwürdiger Tod ist dies! Ich glaube nicht, dass diese Niederschrift jemals gefunden wird. Falls doch, mag der Finder in die gleiche Lage gekommen sein wie ich und wird wenig Trost in diesen Zeilen finden. Sind inzwischen Stunden oder Tage vergangen? Ich vermag es nicht sagen. An nunmehr fünf Stellen haben die fleischigen Greifarme, die diese ganze unheilige Fleischkammer durchfluten, meinen Körper angebohrt. Ich habe mehrfach versucht, sie wieder herauszuziehen, doch erfolglos. Sie sind angewachsen. Es tut nicht einmal sehr weh. Irgendetwas pumpen sie in meinen Leib. Das Denken wird zunehmend schwieriger. Cecil, mein Liebster, wie sehr ich dich vermisse! Alle Tiere, die mit mir herunterfielen, wurden inzwischen getötet und verschlungen. Auch der arme Blizzard! Hier unten fand ich mehrere menschliche Körper. Manche Jahrhunderte alt. Römer, Kelten, Druiden. Mumien, innen hohl, äußerlich hingegen so gut erhalten, als schliefen sie nur. Nein, keine Mumien, sondern präparierte Trophäen! Diese Fleischgrotte ist nichts anderes als ein Jäger, der Trophäen sammelt. Aber von welch satanischer Qualität ist seine Taxidermie! Wehe mir: Wie der ausgestopfte Dachs in unserer Jagdstube werde ich enden. Wenn dies doch jemand findet: Hütet euch vor Hades' Throat! Bringt Kanonen! Sprengt das ganze Gebiet! Um Gottes Willen, wie finster es hier drin jetzt wird! Ich __ kann nicht __ mehr schrei_

♦

Altbabylonische, vormenschliches Wissen hütende Kulte: I. Der Kult Im'mneq

Dessen letzter Hohepriester Wojj'un gab mir die Geheime Überlieferung seines Kultes preis:
„Von einem namenlosen Planeten des Grauens nahe der Roten Sonne Beteigeuze entsandte die entsetzliche, gebirgshohe Pilzgottheit **Xoxluxox** ihre riesenhaften Sporen durch die schwarzen Abgründe des Weltraums zu all den Planeten, von denen sie wusste, dass Leben darauf existierte. Widerwärtig geformtes, nichtpilzhaftes Leben, dessen Essenz sie studieren und dessen zahllose Ekel erregende äußere Formen sie zur Ergötzung an den Wänden der Großen Grotte sehen wollte. Hunderttausende von Jahren bedeuten weder **Xoxluxox** noch ihren Sporen etwas. Auf der Erde angekommen, gruben sich sieben Sporen an sieben weit auseinander liegenden Stellen ein. Sie infiltrierten den Untergrund bis in atomare Bereiche und können ihn völlig kontrollieren. Im Abstand von circa achtzig bis neunzig Erdenjahren unterbrechen sie ihren Schlaf zur Jagd und erleuchten ihr sonst grässlich finsteres Inneres mit einem unheiligen violetten Glimmen. Mittels eines gigantischen, leuchtenden Auges locken sie alle Wesen im Umkreis an. Was nicht zu Denkvorgängen fähig ist, verzehrt die Spore augenblicklich. Höher entwickelte Lebewesen wie Menschen werden durch ein gründliches Aussaugen aller Innereien entledigt. Zurück bleibt eine lebensechte Hülle, die nahezu ewiglich haltbar ist. In der Finsternis geduldig brütend, warten die über zahllose Millennien reifenden Sporenkerne, bis sie in ferner Zukunft endlich **Xoxluxox'** gedanklicher Befehl zur Rückkehr in die Große Grotte jenes namenlosen Planeten erreichen wird."
Wenn dieser nutzlose Wojj'un doch nur wüsste, wo sich diese absonderlichen Sporen verbergen! Selbst die stärksten Beschwörungen der Marter fanden nichts in seinem Gedächtnis! Könnte ich doch nur einer solchen Sporenkreatur habhaft werden!

(Aus dem *Liber Khotharesch* des Hagen van der Fayth, Seite 447)

IM BANN DER ROTEN FLIEGE

Als Imogen gerade die Kuchengabel von ihrer süßen Last befreien wollte, surrte etwas Schwarzblaues direkt an ihrer Nasenspitze vorbei. Vor Schreck ließ sie die Gabel mitsamt Schwarzwälder-Kirsch-Stückchen fallen. Währenddessen sauste die Schmeißfliege ungerührt weiter.

„Beruhige dich, Imogen", sagte ich – wider besseres Wissen. Ich kannte Imogen Rössler schon seit der Schulzeit. Ich wusste, dass sie bereits im Griff eines akuten Ekelanfalls war. Dieser würde mindestens eine halbe Stunde andauern.

Imogen mochte Insekten generell nicht. Dicke Fliegen verabscheute sie zutiefst.

„Sie – hat – meine – Nase – gestreift, Klara!", würgte Imogen. Ihr Körper schüttelte sich wie unter Stromschlägen. Imogen war einen Meter zweiundachtzig groß und so durchtrainiert, dass sie fast männlich wirkte. Da ich sie schon so lange kannte, minderte meine Erinnerung die harten Linien ihres Gesichts. Früher mal war sie ein richtig süßes Mädchen. Neue Bekanntschaften fielen Imogen schwer, da sie auf den ersten Blick abweisend wirkte.

Ich schaute ihr nach, als sie in ihr Badezimmer flitzte – zweifellos, um sich zu übergeben. Rasch drehte ich das Radio lauter, um mir selbst den Appetit nicht verderben zu lassen. Während ich mäßig interessiert einer Sendung über die momentan in der Gegend operierende Einbrecherbande lauschte (aufgrund ihrer Spezialität, die Hausbewohner mittels Gas zu betäuben, von einem Reporter reißerisch *Die Söhne Morpheus'* genannt), widmete ich mich genüsslich meinem Stück Erdbeersahnetorte. Das mag gefühlskalt erscheinen. Ist es aber nicht. Ich mag Imogen. Sie ist meine Freundin. Aber ein gutes Stückchen Torte darf man nicht verkommen lassen. Das ist zumindest meine Devise.

Davon abgesehen erlebte ich solch eine Ekelattacke leider nicht zum ersten Mal mit. Und wo kämen wir hin, wenn ich mir jedes Mal davon den Appetit nehmen ließe.

♦

Ich hatte sogar zwei Stück Erdbeersahnetorte verdrückt, bis Imogen zurückkehrte. Ihr Gesicht war noch ganz fahl. Ihre Augen zeigten allerdings ein gewisses Funkeln, das mir nur allzu bekannt war. Sie griff sich die beiden schwarzen Fliegenklatschen (höchste Qualitätsstufe, äußerst langlebig und stabil) vom Küchenschrank und schnaubte entschlossen. „So, jetzt kaufe ich mir das elende Mistvieh!"

Ich wollte wirklich nicht in der Haut der Schmeißfliege stecken. Imogen war unter anderem auch im Badminton sehr talentiert und führte deshalb auch ihre Fliegenklatschen meisterlich. Bewundernd musterte ich Imogen – ihre pink gefärbte Bürstenfrisur, das Spiel ihrer Muskeln, die Gewandtheit ihrer Bewegungen. Wie eine Gladiatorin fegte meine Freundin in ihr Wohnzimmer, in dem das laute, unverschämte Brummen der Fliege dröhnte. Schnell ging ich Imogen nach – und kam gerade noch rechtzeitig, um die Jagd beobachten zu können.

Der schwarzblaue Brummer schwirrte über der Couch. Er sah Imogen wohl nicht als Bedrohung an. Nur aufgrund seiner Insektenreflexe entkam das Tier dem ersten Hieb. Laut surrend beschleunigte es, doch gegen den einsetzenden Schlaghagel hatte es keine wirkliche Chance. Ein Treffer mit der einen Klatsche sandte die Fliege grob zu Boden. Dort lag sie benommen zappelnd, während die andere Klatsche wie ein Meteor auf sie niederstürzte. Das Parkett knallte, als das Insekt zermalmt wurde.

„Das – hat – gut – getan. Sehr gut!" Imogen schnaufte.

Ich kam mir neben ihr mickrig und wehrlos vor.
„Bravissimo, gut gemacht!"
„Danke, Klara. Wieder eine Trophäe mehr. Du weißt, was nun unweigerlich folgen muss!"
„Selbstverständlich", kiekste ich und musterte dabei verzückt den Matschklumpen, der vor kurzem noch eine dreiste Schmeißfliege gewesen war. „Selbstverständlich folgt nun: das Begräbnis."
Seit Imogen damals diese besondere Sache passierte, bestattete sie jede getötete Fliege mit einem speziellen Ritual auf einem eigens dafür geschaffenen Friedhof. Er wurde ständig erweitert. Im Keller des von ihren Eltern geerbten Hauses breitete er sich aus.
Imogen war fleißig. Sie *jagte* Fliegen und tötete sie nicht etwa nur, wenn sie ihre Nase streiften. Man mag das merkwürdig finden, doch ich glaubte, jede und jeder täte es genauso, wenn ihm dasselbe widerfahren wäre wie Imogen. Ich verstand sie sehr, sehr gut.
Eine kribbelnde Aufregung erfasste mich, während ich Imogen in die Kühle des Kellergeschosses folgte. Das Jugendstilhaus mit seinen mächtigen Buntsandsteinmauern, verborgen in einem sorgfältig gepflegten Gartengrundstück, war ein idealer Schauplatz für das, was wir nun einmal wieder veranstalten würden. Nur Imogen und ich wussten, was im Keller auf uns wartete.
Ich fröstelte in meinem blassblauen Sommerkleid. Das war mir egal. Das Begräbnisritual ließ ich mir nie entgehen.

♦

Wem ist das Ritual eigentlich ursprünglich eingefallen?
Ich meine, dass auf meinen Rat hin Imogen einen Ablauf entwickelte, um jene außergewöhnliche Sache aus ihrer Jugend zu verarbeiten. Sie war so mitgenommen davon. Sie war von meiner Idee sofort begeistert und füllte sie eifrig mit Inhalt. Deshalb stammen die Details der rituellen Handlungen ausschließlich von ihr. Solch brillante Visionen habe ich – praktisch veranlagt wie ich nun mal bin – noch nie gehabt.
Im Kellerflur angelangt, schritten wir schon bald an dem Haufen alter Spiegel vorbei, der mir so abgrundtief verhasst war. Mich überlief jedes Mal ein Schaudern, wenn ich unsere Gestalten verzerrt und vervielfacht in den achtlos und schief übereinander gestapelten Spiegeloberflächen sehen musste. Dennoch gelang es mir nie, einfach mal nicht hinzusehen. Es war wie ein unwiderstehlicher Zwang.
Ich begriff nicht, warum Imogen diesen reflektierenden Wirrwarr nicht schon längst entfernt hatte. Er wirkte wie ein monströses Facettenauge auf mich. So in etwa musste uns die inzwischen tote Schmeißfliege wahrgenommen haben, nicht wahr? Zwei ominöse, wandelnde Titanen mit zu wenigen Beinen und ohne Flügel – nichts, um deren Gezappel und Gefuchtel sich eine Fliege auf der Suche nach Nahrung und Nistmöglichkeiten scheren musste. Und dann – PENG! – war Schluss mit ihr gewesen.
Das Leben an sich war nun mal grimmig. Von mir aus konnte es ruhig zu Schmeißfliegen am grimmigsten sein.
Imogen zog die schwere, rote Metalltür auf. Wir betraten den Bestattungskeller. Ein kurzer Druck auf den Lichtschalter. Flackernd erwachte das kalte Licht der brummenden Leuchtstoffröhren. Zuckend ging es als künstliche Sonne über dem großen Tisch auf, der den ganzen Raum beherrschte. Auf dem Tisch hatte sich früher eine ganz normale Modelleisenbahnanlage befunden. Imogens längst verstorbener Onkel Hieronymus hatte wie besessen daran

gearbeitet und nicht nur Unmengen von Zeit, sondern auch seine Ehe dafür aufgeopfert. Da sich Hieronymus Rössler nur eine kleine Eigentumswohnung leisten konnte, hatte ihm sein Bruder Harald, Imogens Vater, damals diesen Keller zur Verfügung gestellt

Was von dem Schienennetz und den Modellbauten noch da war, diente dem gleichen Zweck wie die Konstruktionen, die Imogen nach und nach hinzugefügt hatte. Vor uns erhob sich die Nekropole der Fliegen, finster und faszinierend zugleich. Mein Mund war trocken, während ich die zahllosen Reihen winziger Gräber bewunderte, die meine Freundin allesamt angefertigt hatte.

Anfangs waren die Fliegenüberreste noch in Streichholzschachteln, Fingerhüten und ähnlichen Alltagsgegenständen beigesetzt worden. Bald schon war Imogen dazu übergegangen, aus Karton kleine Särge anzufertigen. Besonders hartnäckige Gegnerinnen erhielten gar einen Sarkophag, dessen Deckel feinste goldene Linien zierten.

Die Totenstadt der Sechsbeiner war über zwanzig Jahre gewachsen. Ebenso wie bei einer halbwegs ambitioniert betriebenen Modelleisenbahn konnte man die künstliche Landschaft in einen Nachtzustand versetzen. Imogen hatte die ursprünglich gelben Glühlämpchen der Miniaturstraßenlampen durch gespenstisch grüne ersetzt. LED's im gleichen Farbton fanden sich als Grablaternen überall auf der Anlage.

Wenn die Nacht in der Totenstadt der Fliegen herrschte, wenn die alten Leuchtstoffröhren schwiegen, wenn die vielen unterschiedlichen Baumaterialien knackten und knirschten, dann umflorte eine morbide Feierlichkeit die Gräberreihen.

So manches Mal hatten Imogen und ich schweigend und ergriffen vor dieser Szenerie auf zwei alten Holzstühlen gesessen, zuweilen an einem Glas schweren Rotweins nippend, in schwer zu beschreibende Gedanken versunken. Aber immer erst, nachdem das Ritual selbst vollendet war.

♦

Imogen überlegte kurz. Dann entschied sie sich für einen schlichten Kartonsarg als Behältnis für ihre neueste Beute. Mit spitzen Fingern kratzte sie mit einer Rasierklinge die sterblichen Überreste des Insekts in das kleine Behältnis.

„Eine eindeutige Sache, Klara: eine sehr gewöhnliche Gegnerin. Unwissentlich frech. Ein billiger Sarg ist völlig ausreichend."

„Auf jeden Fall ist er das. Da musstest du schon gegen ganz andere Widersacherinnen bestehen", flüsterte ich.

„Oh ja … oh ja", murmelte meine Freundin, für einen Moment in ruhmreichen Erinnerungen versunken, während sie den Sarg auf den Hügel des Rituals platzierte. Die kleine Anhöhe befand sich (noch) außerhalb der eigentlichen Totenstadt und lag links der Tür, ziemlich nahe am Eingang des Raums. Mir kam diese Position immer so vor, als ob man vom Hügel des Rituals eine gute Fluchtmöglichkeit hatte. Ein idiotischer Gedanke, denn vor wem sollte man hier unten schon fliehen müssen? Vor lauter toten Fliegen etwa? Dieser Gedanke war dermaßen idiotisch, dass ich Imogen noch nie davon erzählt hatte.

Selbst als beste Freundinnen muss man sich ja nicht alles erzählen, oder? Ich mache mich nicht gerne zur Idiotin, auch vor Imogen nicht.

Ein lautes Räuspern riss mich aus meinen Überlegungen. Ich errötete schuldbewusst unter dem tadelnden Blick meiner Freundin. Sie schätzte es nicht, wenn ich dem Ritual nicht mit dem nötigen Ernst beiwohnte. Ich mochte mich ja deswegen gerade selber nicht!

Imogen beugte sich – nachdem sie sich meiner Aufmerksamkeit sicher war – über den winzigen Insektenleichnam in seinem Sarg und schrie: „Ich spucke auf dich!“
„Auf sie zu spucken, daran tust du wohl!“, rief ich.
Sofort zog Imogen hörbar – und völlig unweiblich – ihre Spucke hoch und bespie die tote Fliege. Ließ ihren Speichel auf sie tropfen. Ließ ihn genüsslich tropfen …
„Du bist nichts gegen mich!“
„Sechs Beine – zwei Flügel – doch kein Hirn!“, rief ich.
„Verflucht und verdammt seiest du auf ewig!“, zischte Imogen voller Hass.
„Amen – Amen – Amen!“, jauchzte ich. Mein Kopf schwirrte vor Erregung – wie immer, wenn wir das Ritual vollzogen.
Imogens Schweißgeruch hing schwer über der Nekropole der Fliegen. Nur hier unten besaß ihre Transpiration diese eigentümliche bittersaure Note. Wenn sie Sport betrieb oder sich anders körperlich anstrengte, vollzog sich ihr Schwitzen nahezu geruchlos. Auf andere Art.
„Versiegelt seiest du in Qual!“, fauchte Imogen, öffnete die allzeit am Hügel des Rituals bereitliegende Klebstofftube und ließ transparente Masse über den Fliegenkadaver tropfen, bis auch wirklich jeder Quadratmillimeter der Chitinhülle bedeckt war.
„Bis in alle Ewigkeit und sieben Mal Amen!“, vollendete ich das Ritual. Meine Kehle war wund, meine Stimme kratzig. Es war wie immer – und doch anders.

♦

Ich hatte mich für eine Woche auf einer lästigen Dienstreise befunden. Umso mehr freute ich mich auf das Abendessen bei Imogen, zu dem wir noch vor meiner Abreise verabredet hatten.
Dreimal musste ich läuten, bis mir Imogen endlich die Tür öffnete.
Verdutzt meinte sie: „Oh!“
„Du hast wohl unseren Essenstermin vergessen“, bemerkte ich und versuchte, die Enttäuschung darüber nicht durch meine Tonlage zu verraten. Ein wenig schnippisch klang es doch. Imogen und ich hatten keinen Partner, deshalb war unsere Beziehung sehr eng. Allerdings nicht so eng, wie Du es dir vielleicht gerade ausmalst …
„Nicht vergessen“, murmelte sie fahrig. „Aber die Zeit habe ich völlig vergessen.“
Zuerst schenkte ich diesen Worten keinen Glauben. In der Küche bemerkte ich jedoch die Zutaten für das chinesische Gericht, das mir Imogen vor meiner Abreise versprochen hatte. Das stimmte mich gleich versöhnlich.
„Ich habe noch nicht einmal angefangen, Klara. Deswegen ist noch einiges – nein, alles – zu tun.“
„Zu zweit packen wir das im nu!“, versuchte ich sie aufzumuntern. Sie erschien mir auffällig zerstreut und nervös vor.
„Ist was, Imogen?“
„Ach Klara … eigentlich ist nichts, aber … die letzte Woche war doch … außergewöhnlich“, antwortete sie mysteriös. Mir kam es so vor, dass sie zuerst ein anderes Wort hatte wählen wollen, um ihren letzten Satz zu beenden.
„Und wie heißt er?“, fragte ich, innerlich frustriert, denn eine neue Beziehung bedeutete unweigerlich Veränderung und Stress für unser beschauliches Junggesellinnendasein.
„Wie? I wo, doch nicht wegen einem Kerl.“ Imogens Augen glänzten fiebrig. „Komm bitte mal mit, Klara!“

Mit einem pelzigen Gefühl im Magen folgte ich ihr in das blendend weiß getünchte Wohnzimmer („Arztpraxis“ nannte ich es im Geheimen). Unwillkürlich blieb ich stehen beim Anblick der vielen geöffneten Bücher auf dem Wohnzimmertisch, dem Sofa und sogar auf dem Teppichboden.

„Das sind …“

„Bücher über Insekten. Insbesondere – du ahnst es schon, Klara – über Fliegen“, vollendete Imogen meinen Satz.

„Aber … wieso? Willst du etwa deine Feinde besser kennen lernen?“

„Klara, es gibt da etwas, das mich seit neuestem verunsichert. Mir ist während deiner Abwesenheit etwas begegnet, das ich nicht kannte … von dem ich noch nie zuvor auch nur gehört habe.“

„Und was soll das sein?“, krächzte ich aufgeregt.

„Die Rote Fliege, Klara. Die Rote Fliege …“

♦

Für einen Augenblick glaubte ich an einen schlechten Scherz. Nicht länger. Wundere dich übrigens nicht, dass ich „Rote“ groß geschrieben habe. Wärst du dabei gewesen und hättest du Imogens Stimme gehört, würdest du’s ganz sicher auch groß schreiben. Glaub mir das ruhig.

„Was meinst du damit, Imogen? Was ist denn so außergewöhnlich an einer rot gefärbten Fliege? Fliegen gibt es doch in allen möglichen und unmöglichen Farbtönen.“

„Sicherlich. Doch diese Fliege war nicht nur ein bisschen rötlich. Ihr Rot hat mich einfach … *erschlagen*!“

„Berichte doch mal etwas genauer“, bat ich.

„Es war am ersten Tag nach deiner Abreise. Abends. Ich schloss gerade das Küchenfenster, als das Biest herein witschte. Im letzten Moment. Zwischen den sich schließenden Fensterflügeln hindurch. So knapp, dass ich es nur als boshaft bezeichnen kann.“

„Boshaft? Das erscheint mir doch etwas übertrieben, Imogen.“

„Du warst nicht dabei, Klara. Die Fliege steuerte schnurstracks auf den Wohnzimmertisch zu. Ihr Brummen war so merkwürdig … fast melodisch … als ob sie kleine Glöckchen an den Flügeln hätte!“

„Ich bitte dich!“, rief ich aufgeregt. Das klang mir nun doch zu abgedreht. „Am Ende zog sie noch einen Mini-Nikolaus samt Schlitten hinter sich her!“

„Du begreifst nicht, Klara. Du warst nicht hier. Glöckchen aus Chitin – Glöckchen, die lachten – Glöckchen aus der Hölle!“

Mir rieselte es frostig den Rücken hinunter. Imogens Augen glommen fahl. Ihre Stimme klang hohl und schwach – als ob sie vom Grund eines tiefen Brunnenschachts zu mir redete.

„Und wie sie da auf dem Wohnzimmertisch vor mir saß – sich präsentierte – sich geradezu *räkelte*. Abscheulich war das!“

„Du hast sie bestimmt trotzdem mit deinen Fliegenklatschen erlegt.“

„Nein. Ich konnte es einfach nicht. Sie war einfach zu – perfekt. Wie aus flüssigem Rubin geformt …“

„Aber du hasst doch Fliegen. Ich verstehe dich nicht, Imogen!“

„Weißt du … vielleicht hasse ich gar nicht die Fliegen selbst … sondern strafe sie für das, was mir damals zustieß.“

Das war mir persönlich schon seit vielen Jahren klar. Hatte tatsächlich die Begegnung mit jener rätselhaften Fliege diese Erkenntnis auch bei meiner besten Freundin bewirkt? So plötzlich?
„Die Rote Fliege war auch so … groß."
„Wie ein Schäferhund, was? Langsam glaube ich, du willst mich veräppeln!", rief ich und lachte laut und gekünstelt.
„Nicht riesig – nur groß. Ungefähr so groß wie ein Hirschkäfer."
„Brrr, groß genug!", ächzte ich.
Gibt es hässlichere Käfer als diese fetten Dinger mit ihren überlangen Kneifzangen? Zu oft habe ich schon davon geträumt, dass mich einer dieser Gesellen damit in meinen Unterleib oder meine Zunge zwickt. Ganz fest! So fest, dass es blutet!
Ich sammelte mich, bevor ich weiter redete. „Vielleicht … solltest du einfach mal einen Psychologen aufsuchen wegen - der Sache damals. Eventuell reicht das Ritual doch nicht aus, um das Ganze zu verarbeiten."
„Klara! Sag doch frei heraus, dass du mir das mit der Roten Fliege nicht glaubst", stellte Imogen resigniert fest.
„Doch – doch – im Grunde schon. Möglicherweise lässt aber die Erinnerung an die Vergangenheit dir diese Fliege roter – überlegener – mächtiger erscheinen, als sie wirklich war. Nichts weiter meinte ich!", log ich ihr ins Gesicht, ohne rot zu werden.
Ich kann nämlich ganz ausgezeichnet lügen, graue Maus hin oder her.

♦

Was damals eigentlich geschah?
Warum hasste Imogen eigentlich Fliegen dermaßen? Nun, sie stehen im Zusammenhang mit etwas, dass meine Freundin lieber vergessen würde. Etwas, dass sie am liebsten nie erlebt hätte.
Es ist inzwischen schon so lange her. Einundzwanzig Jahre genau. Sein Name war Frank. Frank Killian. Er war zwei Klassenstufen über uns und schon siebzehn Jahre alt. Er fuhr eine aufregende Geländemaschine. Ein wahrer Teenietraum!
Imogen und ich waren zu jener Zeit schon beste Freundinnen. Ich war damals bereits die graue Maus. Imogen dagegen war noch schlank und feingliedrig, mit langen, blonden Haaren und zart gebräunter Haut. Angesichts ihres inzwischen so veränderten Aussehens fiel es selbst mir bisweilen schwer zu glauben, dass es sich um den gleichen Menschen handelte.
Auf einer Schülerdisco trafen wir Frank zu ersten Mal – und standen beide sofort wie unter Strom. Außer uns verknallten sich an jenem Abend bestimmt noch drei andere Mädels aus unserer Klasse in den groß gewachsenen Jungen mit den schwarzen Locken und den blauen Augen. So etwas ist nicht ungewöhnlich, aber speziell auf Imogen und mich hatte es einen dramatischen Effekt. Auf einmal standen wir in Konkurrenz zueinander. Mochte meine Freundin auch viel besser aussehen als ich, so war das meinem verliebten Graue-Maus-Herz keineswegs klar. Es kam zu einigen unschönen Szenen zwischen uns. Da Frank es verstand, jeder von uns abwechselnd Hoffnungen zu machen, anstatt sich für eine zu entscheiden, wurde die Lage immer schlimmer. Nach einem besonders heftigen Streit sprachen Imogen und ich sogar nicht mehr miteinander.
Dennoch fanden wir uns beide auf einer großen Party anlässlich von Franks 18. Geburtstag wieder. Ihm gefiel es, dass wir beide so weit gegangen aus Liebe zu ihm. Es war typisch für

ihn, uns beide einzuladen. Mussten wir doch quasi kommen, um die jeweils andere zu kontrollieren. Dieser Aufgabe kam auch ich gewissenhaft nach. Leider hatte ich mir am Tag zuvor den Magen verdorben, ließ mich aber dennoch von Frank zum Probieren einer scheußlichen Kokos-Kirsch-Likör-Mixtur überreden. Widerlich süß – und ein viel zu großes Glas davon. Das Gelächter der versammelten Mannschaft begleitete mich, als ich kurz darauf mit grünem Gesicht zur Toilette wankte. Auch an Imogen kam ich vorbei. Ihr Antlitz verriet zuerst Triumph, wurde dann aber doch leicht betroffen. Bestimmt hätte sie mich unterstützt, wenn nicht Frank genau in dem Moment nach ihr gerufen hätte.
Während ich mich heulend wieder und immer wieder in der engen, muffig riechenden Gästetoilette übergab, war ich voller Hass auf Imogen – voller Hass auf Frank – und voller Liebe für ihn. Teenageridiotie in Reinkultur!
Nach einer gefühlten Ewigkeit ging es mir halbwegs besser. Mir schwante bereits, dass ich auf jeden Fall zu lange außer Gefecht gewesen war, noch bevor ich ins Wohnzimmer kam. War es vorher noch von bunten, grellen Scheinwerfern erleuchtet, lag es mittlerweile im eigenartigen Schimmer der Blacklight-Lampen. Zu irgendeiner Popballade tanzten viele grotesk leuchtende Pärchen eng umschlungen. Mit pochendem Herzen sah ich mich nach Frank – und Imogen – um, konnte sie aber nirgends entdecken. Die Freude darüber währte nur kurz, denn bald kam Viktor Schmitt, ein guter Freund Franks, an mir vorbei gewankt. Er hielt eine halbleere Flasche Gin in der Hand. „Du guckst dir umsonst die Augen aus, Klärchen. Deine Freundin Imogen bringt dem Geburtstagsfrankie gerade ein Privatständchen im Separée. Ein Ständchen – das kapierst du doch, oder?“
Noch heute erinnere ich mich an seinen nach Alkohol stinkenden Atem – wie ich ihn einen dreckigen Lügner nannte – wie er mich lachend in irgendein Zimmer zerren wollte, um dort an mir herumzufummeln. Viktor war stark, entschlossen und schnell. In seinem besoffenen Zustand wählte er die falsche Tür. Das Zimmer war bereits besetzt.
Da musste ich mir eingestehen, dass Viktor Schmitt kein Lügner war. Ganz sicher ein besoffenes Schwein, aber kein Lügner …
Nach diesem niederschmetternden Anblick ließ ich mich von Viktor in irgendeinen Flur zerren, wo er seine schlabberige Zunge und seine ungeschickten Finger an mir ausprobierte. Ausprobieren durfte. Irgendwie war ich ihm das schuldig – zumindest erschien das meinem wirren Verstand so. Als Entschuldigung und zur Belohnung. Es war nicht angenehm, aber auch nicht wirklich schrecklich. Beim Versuch, mir das Höschen herunter zu ziehen, warf die Wirkung des Gins Viktor zu Boden. Ich ließ ihn dort einfach liegen, zappelnd auf dem Boden. Ein ungeschickter Käfer auf dem Rücken, jammernd und unfreiwillig rülpsend.
Stundenlang saß ich auf einem Sofa. Wie betäubt. Gäste wurden – je nach Alter – von jemand abgeholt oder fuhren selbst nach Hause. Meine Eltern waren übers Wochenende weggefahren. Sie vertrauten mir, weil ich ja ein ordentliches Mädchen war. War ich auch. Gezwungenermaßen ...
Jedenfalls blieb ich über Nacht auf dieser grässlichen Party. Irgendwann nickte ich auf dem Sofa ein. Mit fünfzehn kann man das noch, ohne einen halben Bandscheibenvorfall zu kriegen. Idiotisch, nicht wahr?

♦

Als am nächsten Morgen Frank und Imogen dann eng umschlungen, Hüfte an Hüfte, zum Frühstück auftauchten, begriff ich endgültig, dass es Zeit war zu verschwinden.

Imogen sah mir triumphierend nach. Und ich konnte es sogar verstehen. Doch Frank musterte mich dermaßen höhnisch, dass mir schlagartig klar wurde, wie lange vor der Party er sich schon für meine Freundin entschieden hatte. Aus reiner Böswilligkeit ließ er auf seine „Enthüllung“ so lange warten. Dieses Aas!
Wie in Trance lief ich zur nächsten Bushaltestelle.
Bereits auf der Fahrt nach Hause kehrte sich meine Verliebtheit in ein wahres Hassgefühl um. Ich wünschte diesem Frank Killian alles Schlechte dieser Erde an den Hals. Von ganzem Herzen. Und ich fing an, mir Sorgen um Imogen zu machen. Was für einem Kerl war sie da nur in die Hände gefallen? Sie wähnte sich im siebten Himmel. Wer konnte wissen, was Frank tatsächlich mit ihr vorhatte?
Nun ja, Franks und Imogens Herrlichkeit hielt zum Glück nicht lange an. Ja, ich sage bewusst „zum Glück“, obwohl das Ende ihrer Beziehung so tragisch war. Dennoch hätte Frank meiner Imogen, sofern er länger als vierzehn Tage Zeit gehabt hätte – derart das Herz gebrochen, dass sie daran vielleicht zugrunde gegangen wäre. Das Schicksal war ihr gnädig, wenn auch auf eine sehr grausige Art. Und ihm nicht.
Sicher verfolgte das Ganze Imogen unablässig. Aber immer noch besser, als wenn sie im Grabe läge – nicht wahr, Frank Killian? Wenn du noch könntest und inzwischen über einen Funken Anstand verfügtest, würdest du mir zustimmen.
Allerdings stellte ich mir in meinen Rachephantasien dein Ende nicht mit solchen Konsequenzen für die arme Imogen vor. Jede(r) andere unserer rasch zusammengestellten Suchmannschaft hätte dich finden dürfen. Das Schicksal wollte scheinbar nicht zu gnädig sein, denn es war Imogen, die allen zuvorkam. Auch mir.
Sie stolperte an der falschen Stelle und fiel genau in den Holunderbusch, in dem dein schwärender Leichnam lag. Sie stürzte auf dich – und hunderte von Fliegen (große, kleine, schwarze, blaue und giftgrüne) stoben auf von ihrem Festmahl. Von dir.
Ein besonders großes Exemplar einer Fleischfliege flüchtete ausgerechnet in Imogens linkes Nasenloch. Daraus ließ es sich nur unter Vollnarkose vom HNO-Spezialisten des hiesigen Krankenhauses entfernen.
Kein Wunder also, dass meine bedauernswerte Imogen Fliegen so abgrundtief hasste, oder?
Ja, ich hatte Frank Killian den Tod an den Hals gewünscht. Aber doch nicht so! Wer konnte denn so etwas ahnen?
Arme, arme Imogen.

♦

„Jedenfalls gibt es diese Art roter Fliegen überhaupt nicht. Zumindest nicht in diesen Büchern!“, sagte Imogen aufgeregt und riss mich damit aus meinen düsteren Erinnerungen. Angestrengt versuchte ich meine Gedanken zu ordnen (mir stand immer noch das Bild von Frank Killians zerschmettertem Schädel vor Augen – die Maden, die in den fürchterlichen Wunden geradezu *tanzten* – selbst das Räuspern fiel mir schwer.
„Hast … du es mal im Internet probiert?“, quälte ich mir schließlich einen Satz heraus.
„Klaro. Ebenfalls Fehlanzeige. Scheinbar ist da ein kleines biologisches Wunder in meine Wohnung geflogen. Ein sehr verstörendes Wunder.“
„Hauptsache, das Biest ist wieder verduftet“, sagte ich bestimmt.
„Wer hat denn gesagt, dass es weg ist?“, erwiderte Imogen finster. „Ich kann nicht dafür garantieren. Wie die Rote Fliege herein flog, habe ich ja mitbekommen. Ich bin mir aber nicht

sicher, ob sie nicht schon seit Tagen geduldig in einer dunklen Ecke lauert, um mich in einem unerwarteten Moment zu … überraschen."

„Du liebe Zeit!", ächzte ich, wider Willen erschrocken. „Du weißt doch, wie flink Fliegen sind. Die war gewiss Ruck-Zuck wieder draußen."

„Wenn ich das nur sicher wüsste, Klara. Ich will ehrlich zu dir sein: Zum ersten Mal in meinem Leben fürchte ich mich davor, allein in diesem Haus zu sein. Im Haus meiner Eltern. Noch nie zuvor hab ich so was gespürt."

„Beruhige dich doch, Liebes. Das vergeht bald wieder. Hirschkäfergroß oder nicht – bekannt oder nicht – dennoch war es nur eine Fliege. Nur eine rote Fliege …"

„*Nur*? Du hast sie nicht gesehen, Klara. Das Wort ‚nur' kann bei ihrem Anblick nicht bestehen. Glaube mir", wisperte Imogen. Sie zitterte dermaßen, dass mir vom Zusehen übel wurde.

An jenem Abend verließ ich Imogens Haus in der bitteren Gewissheit, dass meine liebste Freundin nach all den Jahren ständiger seelischer Qual am Ende doch noch zu einem Fall für den Seelenklempner geworden war.

Aber es sollte noch wesentlich schlimmer kommen. Schlimmer, als ich es mir je hätte vorstellen können.

♦

Imogens beunruhigender Zustand wurde zusätzlich hervorgehoben durch eine Änderung ihres Verhaltens, die eigentlich unvorstellbar gewesen war. Sie, die leidenschaftliche Jägerin der Fliegen, hörte innerhalb weniger Tage völlig damit auf, ihren Beutetieren nachzustellen. Als ich sie darauf ansprach, erwiderte sie, dass sie seit der Begegnung mit mysteriösen Roten Fliege viel nachgedacht habe. Über die Vergangenheit. Über Frank. Über ihren übersteigerten Hass auf Diptera (ja, sie benutzte wirklich den biologischen Fachbegriff).

„Weißt du, ich hab die ganzen Jahre lang den bedauernswerten Fliegen die Schuld an Franks Tod gegeben. Und daran, dass ich mich danach nie wieder richtig einem Mann gegenüber öffnen konnte. Eigentlich waren sie schuld an allem, was in meinem Leben schief gegangen ist."

Das hörte ich so gut an – so richtig. Ich freute mich aufrichtig, dass Imogen endlich ein Licht aufgegangen war. Wenn sie nur nicht so fahrig gewesen wäre. Ständig zitterte sie wie vom Fieber …

In der Nekropole der Fliegen fanden jedenfalls keine weiteren Bestattungen mehr statt. Es mag für dich kaum nachvollziehbar sein, aber mir fehlte das Ritual – das vertraute Zusammensein im Angesicht der zahllosen Gräber mit ihren in Klebstoff konservierten sechsbeinigen Leichen. Bestimmt fühlte ich nur so, weil Imogen sich so verändert hatte. Ich versuchte zumindest zu glauben, dass das der einzige Grund für meine verwirrenden Gefühle war …

♦

Als ich Imogens Haus das nächste Mal betrat, registrierte ich sofort diesen absonderlichen Gestank.

„Du liebe Zeit! Wonach riecht es denn hier?", ächzte ich.

„Keine Ahnung, was du meinst", antwortete Imogen schnell. Sie kicherte unangenehm grell. „Ich rieche nichts Ungewöhnliches!"

Bei ihren Worten bekam ich augenblicklich eine Gänsehaut. Nur jemand, dem die Geruchsnerven amputiert worden waren, konnte dieses süßlich-faulige Parfüm nicht wahrnehmen.

„Klara, was kümmert dich denn ein Duft? Nur weil er dir unangenehm erscheint, muss das ja nicht für … die Allgemeinheit gelten!"
„Selbstverständlich nicht!", gab ich verunsichert zurück. Natürlich bestand die Möglichkeit, dass Imogen im Supermarkt einen neuen Raumduft gekauft hatte und damit so gar nicht meinen Geschmack getroffen hatte. So eine Geruchsnote konnte aber nur von einem Stümper kreiert und auf den Markt geworfen worden sein!
Zusätzlich konnte ich gar nicht übersehen, wie sehr – wie *dramatisch* – sich Imogens Wohnung verändert hatte. Alles war so … schmuddelig geworden. Das Geschirr in der Spüle strotzte vor Fruchtfliegen – eigentlich undenkbar bei einer Sauberheitsfanatikerin wie Imogen.
Mit krampfendem Magen aß ich meine üblichen zwei Stück Erdbeersahnetorte, während ich Imogens zusammenhanglosem Geplapper zuhörte. Hinterher wusste ich nicht, wovon sie eigentlich gesprochen hatte. Es war alles so konfus gewesen.
An die Gespräche bei unseren darauf folgenden Treffen erinnere ich mich dagegen ganz genau. Nun ja, sie waren auch wirklich unvergesslich …

♦

Allmählich begannen sich Imogens Gedanken nur noch um ein Thema zu drehen: Fliegen.
Innerhalb von vielleicht drei Wochen verwandelte sie sich in eine Kapazität auf diesem Gebiet. Sie bombardierte mich mit lateinischen Namen, Verhaltensweisen, bevorzugter Nahrung, Paarungsverhalten – all das musste ich über mich ergehen lassen.
Schließlich platzte mir der Kragen. „Meine Güte, Imogen! Es reicht! Lass uns endlich mal wieder über was anderes reden! Du bist ja … besessen von deinen Erzfeinden!"
Imogen trat nervös auf der Stelle. Ihre Finger glichen hautfarbenen Schlangen, die sich wie von selbst durch ihr fettiges rosa Haar wanden. „Nein, Klara … so ist das doch nicht", murmelte sie bestürzt.
„Ach? Schau dich doch mal um! Sieh dich nur selbst an! Alles lässt du verwahrlosen – sogar dich!"
„So ist es nicht. Sie sind nicht mehr meine Erzfeinde … nicht mehr."
„Du liebe Zeit! Hast du mir überhaupt zugehört?", fragte ich entsetzt.
„Ja. Natürlich. Du verstehst nur nicht, was ich durchmache, seit die Rote Fliege aufgetaucht ist und mir die Augen geöffnet hat."
„Selbst wenn es sie gäbe, wäre sie nichts weiter als ein hirnloses Insekt – nicht etwas, das dir Erleuchtung verschaffen kann!", platze ich heraus, geschüttelt von Wut – und Besorgnis.
„Sie existiert, Klara. Und sie ist mehr, viel mehr, als du auch nur erahnen kannst."
„Liebe Güte, Imogen, du musst dringend zu einem Psychiater! Oder schnapp dir deine Fliegenklatschen und therapiere dich selber!"
„Bitte … geh, Klara. Du begreifst ja gar nichts."
Wie vom Donner gerührt starrte ich meine Freundin an. „Du … wirfst mich raus?", gelang es mir nach einer gefühlten Ewigkeit zu fragen.
„Bitte … ich muss nachdenken … mich *bereit* machen. Und auch du musst nachdenken … darüber, ob du mich weiterhin so beschimpfen willst. Du verhältst dich nicht mehr wie die liebe Freundin, die ich kenne!"
Ihre Augen waren wässrig und schienen tiefer in ihre Höhlen gesackt zu sein. Sie kam mir mit einem Mal klein und hilflos vor, obwohl sie einen Kopf größer war als ich. Deshalb umarmte ich sie unbeholfen – ignorierte dabei ihren beißenden Körpergeruch – flüsterte dabei irgend-

welche sinnlosen Entschuldigungen – machte mich dann frei und stürmte hinaus!
Die schwere Haustür fiel krachend hinter mir zu. Als ich schon ein gutes Stück weit im Garten war, glaubte ich ein grässliches Schluchzen zu hören. Für einen Moment blieb ich stehen. Ich schaute zurück zum Haus. Nein, ich war viel zu weit weg von den dicken Buntsandsteinmauern weg, als dass noch etwas aus dem Hausinnern hörbar gewesen wäre. Unmöglich. Ich musste mir das eingebildet haben. Ganz sicher …

♦

Immer noch überlegend lief ich rückwärts, ohne mir dessen wirklich bewusst zu sein.
Der Garten vor Imogens Haus hat an einer Stelle zwei Terrassen, die durch eine Treppe verbunden sind. Eine steile Treppe aus vermoostem Buntsandstein. Normalerweise nicht zu übersehen. Normalerweise …
Bis zu jenem Tag war ich nicht ein einziges Mal auf den Stufen gestolpert. Das sollte nun sich ändern.
Vielleicht wäre ich ja aus dem verhängnisvollen Rückwärtsgehen noch rechtzeitig aufgeschreckt, wenn sich nicht noch jenes zusätzliche Ereignis abgespielt hätte. Jenes Ereignis, das mich kreischend nach hinten taumeln ließ: Ohne Vorwarnung stieg etwas dröhnend zwischen den aufwirbelnden Halmen des Pampasgrases auf und raste heran, genau auf die Stelle zwischen meinen Augen zielend. Zwischen meinen wild fuchtelnden Händen hindurch steuerte sie mich an – eine viel zu große Fliege von Ekel erregender Schönheit, rot wie aus einer frischen Schnittwunde quellendes Blut!
Das höllische Biest stieg im letzten Augenblick an, so dass mich seine borstige Unterseite nur streifte. Dennoch war es, als ob mich eine Hauswand getroffen hätte. Eine Hauswand bestrichen mit Nesselgift! Ich war schon ohnmächtig, als ich die Stufen hinunter stürzte und mir dabei beide Arme brach ...

♦

Ich lebte schon seit langem allein in meiner kleinen Mietwohnung. Da war es nur verständlich, dass der behandelnde Arzt Imogens Vorschlag annahm, mich nach der Entlassung aus dem Krankenhaus bei sich aufzunehmen. So voll gepumpt mit Schmerzmitteln wie ich war, widersprach ich nicht. Es fiel mir schwer, überhaupt einen klaren Gedanken zu fassen. Als sich jedoch die schwere Haustür hinter uns schloss, krampfte sich mein Magen panisch zusammen. Wäre ich nicht so zugedröhnt und unbeweglich gewesen, hätte ich sicher die Flucht ergriffen.
Du magst das komisch finden. Mir war bald schon gar nicht nach Lachen zumute ...

♦

Imogens Haus hatte sich mittlerweile in einen leibhaftigen Albtraum verwandelt. Sie begnügte sich längst nicht mehr damit, alles über Fliegen zu wissen. Nein, sie beherbergte sie inzwischen. Sie züchtete sie geradezu, indem sie ideale Bedingungen für ihr Gedeihen schuf.
Wehrlos war ich den unbeschreiblichen Zuständen ausgesetzt. Was hätte ich dagegen tun sollen? Mir den Weg nach draußen frei *treten*? Ja, Du vermutest richtig: Imogen hielt die schwere Haustür stets verschlossen. Angeblich zu unserer beider Schutz wegen der Einbruchserie in der Stadt.
„Du willst doch nicht, dass die Söhne Morpheus' einfach so durch die Vordertür hereinspazieren, Klara?“, fragte Imogen heuchlerisch.
Nur aus Angst vor ihr gelang es mir *nicht* zu lachen, als sie das sagte.

Die Küche war kaum noch zu betreten. Imogen bereitete darin zwar Nahrung zu, ich weigerte mich allerdings standhaft, den Fraß zu probieren. Aus verständlichen Gründen.
„Ich weiß wirklich nicht, was du hast, Klara. Das schmeckt *köstlich*!"
„Meine Güte, das ist … rohes Fleisch. Und es ist nicht einmal mehr frisch, Imogen!"
„Siehst du, das ist das typisch menschliche Denken, das du da an den Tag legst. Alles muss gekocht oder gebraten sein – und möglichst dem Schlachter aus der Hand gerissen, damit es ja nicht zu alt ist, wenn man seinen wahren Geschmack durch das Erhitzen zerstört. Was für ein Unsinn!", rief Imogen entrüstet. Sie biss von einem grau-roten Batzen ab, den ich nicht für viel Geld auch nur angefasst hätte. Mir war entsetzlich übel.
„Selbstverständlich denke ich typisch menschlich. Schließlich bin ich ein Mensch", jammerte ich.
„Weißt du, unsere Vorfahren zu Urzeiten, die lebten noch normal. Sie hatten sich noch nicht so weit von der Natur und ihren Dienern entfernt. Deswegen verbessere ich mich: Das ist das typische zivilisierte Denken."
Imogens genüssliches Schmatzen rief ein geradezu unerträgliches Jucken auf meinen eingegipsten Armen hervor. Dennoch gelang es mir zu erwidern: „Und ich glaube, dass du so langsam lieber sechs Beine und zwei Flügel hättest."
Wenn Imogen wenigstens gelacht hätte oder zornig geworden wäre – doch nein! Zu meinem tiefsten Grauen überlegte sie nur kurz (und hörte dabei auf zu kauen), bevor sie murmelte: „Mag sein, Klara. Ja, mag sein …"

♦

Von Tag zu Tag verkam Imogen mehr und mehr. Bei dem Gestank der ihrem Körper entströmte, war es nicht verwunderlich, dass die Fliegen inzwischen so gerne auf ihr saßen. Mir ließ sie gnädigerweise jeden Tag eine Katzenwäsche zukommen. Mein hygienischer Zustand war längst nicht so katastrophal wie ihrer.
Die Küche glich mittlerweile einer Mülldeponie. Maden verschiedener Fliegenarten fanden sich dort in Regimentsstärke. Imogen ließ sich nicht durch mein Betteln davon abhalten, mich einmal täglich in dieses Reich der Fäulnis zu führen und mir stolz die neuesten Vorkommnisse zu schildern.
Ich glaube, es war am siebten Tag nach meiner Entlassung aus dem Krankenhaus, als mich bei der Küchenbesichtigung die Erinnerung an einen Vorfall überkam. Ein Vorfall, der sich zu den Zeiten ereignet hatte, als die Rote Fliege noch nicht unser Leben beherrscht hatte.
Eines Tages war eine kleine Stubenfliege wieder und wieder gegen die Scheibe eines Küchenfensters geflogen. Imogen und ich hatten ihr verzweifeltes Treiben schon minutenlang fasziniert beobachtet. Das Tierchen wollte einfach nur nach draußen. Fressen, Fortpflanzung, wir zwei Riesinnen – all das war für es gerade uninteressant. Die Fliege ließ auch nicht von der Scheibe ab, um in eine andere Richtung zu schweben, um dort ihr Glück zu versuchen.
„Sie ist wie besessen davon, durch dieses unsichtbare Hindernis zu kommen", flüsterte Imogen.
„Ja. Weil sie es nicht begreifen kann, dass ihr die Luft plötzlich Widerstand bietet."
„Sie beachtet uns gar nicht. Ein schwerer Fehler!" Imogen ließ die Fliegenklatsche ihr Werk tun. Die kleine Fliege wich noch nicht einmal aus.
„Vielleicht ist es mit den Menschen und Gott genauso, Klara."
„Wie meinst du das?"

„Vielleicht sterben wir oft aus heiterem Himmel, weil wir Gott einfach stören – weil wir irgendwo sitzen, wo er uns nicht haben will. Er hat uns möglicherweise sogar einen Ausweg genannt oder ein Fenster geöffnet, doch wir sind zu klein und dumm, um es zu merken. Irgendwann verliert er die Geduld und schlägt zu ..."
Ich kicherte, um mein Unbehagen zu vertuschen. Irgendwie hatten Imogens Worte – so naiv sie auch bei genauerer Betrachtung waren – etwas tief in meiner Seele frösteln lassen. Und in ihrem Blick hatte ich gelesen, dass es ihr selbst nicht anders gegangen war.

♦

Täglich verschwand Imogen für eine Stunde im Keller – zur Vorbereitung, wie sie sagte. Mehr wollte sie nicht preisgeben. Mehr wollte ich auch nicht wissen. Trotzdem malte sich meine Fantasie die schauerlichsten Dinge aus.
Einerseits genoss ich diese tägliche Phase des Alleinseins, andererseits war sie eine Marter. Lediglich eine Marter anderer Art als die restlichen dreiundzwanzig Stunden des Tages. Das von einer ständig wachsenden Zahl von Flügelpaaren erzeugte Surren und Brummen erschien mir umso lauter, wenn Imogen nicht bei mir war und ihre wirren Reden führte.
Meist trank ich während dieser einsamen Stunde mit einem Trinkhalm meinen Kakao – die einzige Nahrung, die ich zu mir nahm, weil Imogen die Getränkepackung jeweils frisch öffnete. Dabei schmiedete ich Fluchtpläne. Idiotische Fluchtpläne. Ich konnte weder eine Tür aufsperren noch einen Rollladen hochziehen. Wenigstens konnte ich während dieser Stunde hemmungslos weinen und mein Schicksal beklagen. In Imogens Gegenwart wollte ich das so lange wie möglich vermeiden. Sie sollte nicht merken, wie abgründig meine Verzweiflung inzwischen geworden war.
Ich war die Gefangene einer Wahnsinnigen und einer Armee von Fliegen und konnte nichts weiter tun als abzuwarten. All dies steuerte auf einen monströsen Höhepunkt zu – daran zweifelte ich nicht, ebenso wenig wie daran, dass ich dabei unweigerlich mein Leben lassen würde …

♦

Es vergingen noch zwölf lange Tage und Nächte, bis dieser Höhepunkt kam. Endlos viele Minuten, in denen ich nur noch existierte, um Kakao und Wasser zu trinken, um Imogens Worte zu lauschen - und um schreckliche Ängste vor der Roten Fliege auszustehen. Zwar hatte ich die geflügelte Bestie seit dem Treppensturz nicht mehr gesehen, doch musste ich dauernd an sie denken. Ich zweifelte nicht daran, dass sie sich im Haus aufhielt. Ich ahnte sogar, wo, aber ich wollte den Gedanken nicht zu Ende denken. Sonst wäre ich verrückt geworden.
Am Abend jenes schicksalhaften Tages zerrte mich Imogen – mittlerweile eine schmierige, erbärmliche Karikatur ihrer selbst – begeistert grinsend vom Sofa hoch. Ich taumelte, geschwächt vom Hunger und meinen ständig überreizten Nerven. Hämisch schienen die vielen Fliegen zu summen, die im Wohnzimmer ihre Bahnen flogen. Auf der einst blendendweißen Tapete prangte inzwischen ein schwarzes, lebendiges Muster. Ein krabbelndes Muster …
Es war kurz vor 21 Uhr, wie mir ein rascher Blick auf die teure Designer-Wanduhr verriet. Meine Arme juckten und schmerzten quälend unter dem Gips.
„Komm, liebe Klara. Es ist Zeit. Freue dich. Auch du musstest so lange darauf warten! Jetzt ist es soweit."
„Wofür … ist die Zeit gekommen?", hakte ich nach, obwohl ich es eigentlich gar nicht wissen

wollte. Mein ausgemergelter Körper bebte wie unter Stromschlägen.
„Der Augenblick ist da, mich hinab zu begleiten, Klara!“
„Hinab? Wohin hinab?“
„In die Nekropole der Fliegen natürlich! Kindskopf! Die Phase der Vorbereitung ist zu Ende. Nun brauche ich deine Hilfe, um das Ritual auszuführen.“
„Du willst das Ritual wieder aufnehmen? Du willst sie wieder töten und dann – bestatten?“, fragte ich voller idiotischer Hoffnung.
„Aber nein! Nein! Wir haben doch jetzt ein *neues* Ritual!“
„Mein Gott!“
„Ja, ja, Klara, mein Liebes. Genau. Doch zuerst ins Schlafzimmer …“
Imogen zog mich grob hinter sich her. Als wir ihren Schlafraum betraten, verschlug es mir für einen endlosen Moment den Atem. *Damit* hatte ich nun wirklich nicht gerechnet.
„Ist es nicht – wundervoll?“, schwärmte Imogen. Sie schlüpfte aus ihrem Pullover, während ich immer noch um Luft – und eine Antwort – rang. Während mein Blick gefoltert wurde von etwas, das in dem von Fliegenmaden wimmelnden Kleiderschrank hing: die geschmacklose Perversion eines Hochzeitskleides! Der ehemals weiße Stoff war mit Lebensmittelresten aller Art besudelt. Nicht um alles Geld der Welt wäre ich in diesen feuchten, stinkenden, klebrigen Stofffetzen hinein gestiegen. Imogen jedoch, mittlerweile nur noch in Unterwäsche, zog sich das schmierige Kleid fröhlich über. Sie strich es an den Hüften glatt und sprach: „Na, was meinst du? Bin ich nicht eine bezaubernde Braut?“
Braut? Für wen, Imogen? Für wen denn nur?, fragte eine Stimme in mir, doch ich hütete mich davor, diese Worte laut auszusprechen. Ich kannte die Antwort längst …

♦

Als ich ängstlich und vorsichtig die Kellertreppe hinter Imogen hinunter ging, war ich beinahe davon überzeugt, dass es nicht mehr schlimmer kommen konnte. Auch als wir dann jenen Haufen ausgedienter Spiegel passierten – als ich darin die irrsinnige Braut und meinen durch die radikale Kakao-Diät ausgezehrten Körper erblicken musste –, glaubte ich noch, wenigstens absehen zu können, was ich an Grauen noch zu erdulden hatte, bis ich sterben durfte. Doch das Schicksal – oder Gott – wer oder was auch immer – zog noch ein Ass aus dem Ärmel. Ein blutrotes Ass. Ein Todesass!

♦

Wir waren höchstens vier Meter vor der roten Tür zu dem Kellerraum entfernt, der die Nekropole der Fliegen beherbergte, als ein helles Klirren durch den spärlich beleuchteten Kellerflur zuckte. Imogens idiotisches Gewäsch verstummte abrupt. Verwirrt, ja verunsichert, sah sie mich an.
„Was war das?“, flüsterte sie. Ja, sie flüsterte tatsächlich. Wie grotesk. Wovor fürchtete sie sich denn angesichts dessen, was sie zu tun beabsichtigte?
„Vielleicht haben deine geflügelten Brautjungfern vor lauter Aufregung ein Sektglas fallen lassen!“, fauchte ich, von einem plötzlichen Zorn erfüllt.
„Leise!“, zischte Imogen erschrocken – und ohrfeigte mich fast beiläufig. Der Schlag war dank ihrem Intensivtraining so wuchtig, dass ich umzufallen drohte. Im letzten Augenblick hielt mich Imogen am Pullover fest. Sie blickte mich drohend an. Dann überlegte sie kurz, bevor sie ein paar Meter den Flur zurückging. Dort stand im Halbdunkel die Golftasche ihres Vaters. Sie griff sich eines der schon über zehn Jahre nicht mehr benutzten Eisen.

Wollte sie mich etwa …?
Sie hatte das Eisen noch nicht ganz aus der Tasche gezogen, als sich die Tür des Kellers öffnete, der unmittelbar gegenüber dem Nekropolenraum liegt.
„Klar sind die beiden Tussis oben. Mach dir nur nicht ins Hemd, Gernot!“, wisperte eine raue Männerstimme.
„Von wegen! Da brennt Licht!“, entgegnete eine zweite knurrend. Blitzartig flog die Tür ganz auf und ein Schatten sprang heraus – eine sehr große, mit einer schwarzen Wollmütze maskierte Gestalt. Sie zuckte kurz zusammen, als sie uns ungleiches Paar erblickte. Ganz kurz nur. Eine rasche Bewegung – und schon hielt er einen glitzernden Wurfstern in der Hand – ein Shuriken, wie ich mich erinnerte. Wie in den Ninjafilmen der Achtziger Jahre.
„Keine falsche Bewegung, Mädels!“, drohte der Hüne. „He, kommt raus, Freunde. So was habt Ihr garantiert noch nicht gesehen!“
Zwei weitere vermummte Gestalten traten aus dem Raum, zu dem sie sich zuvor gewaltsam Zugang von außen verschafft haben mussten.
„Was für ein Mist! Was für eine schlechte Idee von euch beiden, gerade jetzt hier herunterzukommen. In fünf Minuten hättet ihr Tussis bereits selig geschlummert. So aber haben wir unseren Nebelwerfer noch nicht in Betrieb nehmen können“, meinte der Mann mit der rauen Stimme.
Die so genannten Söhne Morpheus’ – die Einbrecher mit dem Betäubungsgas, dachte ich – und musste wider Willen kichern. Ausgerechnet Imogens vorgeschobene Ausrede dafür, die Haustür stets verschlossen – und mich gefangen – zu halten, stand in Fleisch und Blut vor uns! Hätten nicht jene abartigen Tage hinter mir gelegen, wäre ich bestimmt vor Furcht umgekippt. So aber gelang es mir tatsächlich zu kichern. Wie selbstmörderisch …
„Was gibt’s da zu lachen, Schlampe?“, knurrte der Mann mit dem Shuriken.
„Du unterschätzt wohl den Ernst der Lage, wie?“, meinte der mit dem rauen Organ lauernd.
„Ach was“, sagte nun der Dritte, dessen Stimme sich hell und jugendlich anhörte. „Schaut euch doch die zwei *bitches* mal genau an, vor allem die Große im Hochzeitsdress!“
Er würgte laut – und auch die anderen beiden gaben nach einer genaueren Musterung Imogens ähnlich verächtliche Laute von sich.
„Haben wir euch etwa beim Heiraten gestört, oder was?“, wollte der Wurfsternmann wissen.
„Na klar!“, antwortete der Raukehlige für uns. „Wir haben die Hochzeitsfeier von Perversien unterbrochen. Sorry! Von ganzem Herzen: sorry! Morpheus’ Söhne leisten Abbitte …“
Die drei schienen sich für humorvoll zu halten. Sie kamen immer näher, während sie uns abwechselnd verspotteten.
„Sag mal … Gipsy: Stehst du wirklich auf diese Siffkuh hier?“, fragte mich der Hüne aggressiv. Seine Kumpels gackerten vor Lachen.
Ich betrachtete diese drei Einbrecher mit so etwas wie wissenschaftlichem Interesse. Wie lange mochte ich wohl noch zu leben haben? Mein ganzes Dasein war zu einem diabolischen Albtraum geworden. In dieser so endgültig zugespitzten, bizarren Situation überkam mich ein irreales Sicherheitsgefühl.
„Du – hast – doch – keine – Ahnung!“, keuchte Imogen. Sie wurde völlig ignoriert.
„Erst kicherst du, Gipsy – und dann antwortest du mir nicht. Na warte, dir werd ich’s zeigen!“, brüllte der Riese und schlug mir mit der Faust auf meinen rechten Gipsarm!
Mein Sicherheitsgefühl zerbarst in einer weißen Staubwolke. Wellen von grässlichen Schmerz-

schüben ließen mich niedersinken. Tränen trübten meine Sicht, bis alles ganz verschwommen aussah.
„Beherrsch dich doch, verflucht!", knurrte Raukehle ärgerlich. „*So* arbeiten wir nicht."
„Genau! Die *bitches* sehen zwar Scheiße aus und reden nur Scheiße, aber so was macht man nicht mit *bitches*!", sprang ihm der Junge bei
Der Hüne schüttelte sich. Seine Wurfhand zückte einen weitern Shuriken aus einer Gürteltasche, soweit ich es mit meinem langsam wieder klarer werdenden Blick erkennen konnte. Würde er gleich seine Kumpane in blinder Wut attackieren wie in einem billigen Actionstreifen?
Was er wirklich vorhatte, werde ich nie erfahren, denn eine Sekunde später versetzte Imogen seinem Hinterkopf einen fürchterlichen Hieb mit einem Golfschläger. Sie hatte ihn blitzartig vollständig aus der Golftasche gezogen und dann ohne zu zögern – ich kann es nicht anders formulieren – *zugedroschen*. Der Schädel des Riesen brach mir einem derartig nassen Knacken, dass es mir den Magen umdrehte. Der Mistkerl wankte noch einen endlosen Moment lang – und fiel dann geradezu in sich zusammen.
„Gernot! Großer Gott, Gernot!", röhrte Raukehle entsetzt. Er zog seine Waffe aus einem Rückenhalfter – eine kleine Sportarmbrust. Imogen raste heran, ein Todesengel mit erhobenem Golfschläger.
Beinahe hätte sie es geschafft. Aber so aufgeregt und überrascht der Einbrecher auch sein mochte, er war offensichtlich ein Profi. Eine Blutfontäne entstieg Imogens Brautkleid, noch während das unwirkliche *Tschak* der Armbrustsaite den Kellerflur erfüllte. In ihrer rechten Brust steckte der Armbrustbolzen. Röchelnd fiel sie neben mir nieder. So schien es mir zumindest zuerst. Als jedoch in der Nekropole der Fliegen ein ohrenbetäubendes Brummen anhob, wusste ich, dass sie jemand gerufen hatte. Bei seinem Namen. Ihren *Bräutigam* …
Die Kellertür wurde aufgedrückt. Durch Fliegen. Legionen von Fliegen! Unter gewöhnlichen Umständen hatte das selbst eine solch gigantische Anzahl niemals vermocht, aber da war jemand unter ihnen, der ganz gewiss nicht gewöhnlich war. Ihr Kaiser – ihr Herr – die Rote Fliege! Sie raste in den Kellerflur hinein, rubinrot funkelnd, wie aus einem Fiebertraum entsprungen!
Der Schütze schrie irgendetwas und griff nach einem neuen Bolzen. Er kam nicht mehr zum Schuss. Die geflügelte Bestie durchschlug den seinen schützend vorgehaltenen Unterarm, als ob er aus Wasser bestände – und danach, ohne innezuhalten, seinen Oberkörper etwa in Höhe des Solarplexus, um mühelos am Rücken wieder ins Freie zu gelangen. Das Ganze dauerte kaum länger als zwei Wimpernschläge.
Raukehle fiel leblos und blutend zu Boden. Nun war die Fliege noch röter als üblich, ein blutbesudelter Rachegeist, der seinen Facettenblick auf den verbliebenen Einbrecher richtete. Der Junge kreischte so erbärmlich, dass ich tatsächlich etwas Mitleid mit ihm bekam. Er wandte sich um und wollte fliehen – zurück durch das aufgestemmte Kellerfenster, nach draußen ins Freie, in die Sicherheit …
Die Rote Fliege schwebte dicht an mir vorbei und ich vernahm jenes eigentümliche Geräusch, das ihre Flügel verursachten. Glöckchen aus Chitin – Glöckchen, die lachten Glöckchen aus der Hölle.
Während die Rote Fliege aufreizend langsam den Jungen verfolgte, setzte sich Imogen auf. Sie versetzte dem Mann, den sie erschlagen hatte, einen Klaps auf die Schulter.

Woher sie angesichts ihrer Verwundung die Kraft dazu nahm, war mir ein Rätsel. All das viele Blut!
„Mein Gott – Imogen", wisperte ich.
„Siehst du, mein Lieber, damit hat Klara nicht gerechnet. Das hat sie mir nicht zugetraut, dass ich dich einfach so umhaue. Du hast mir's erst recht nicht zugetraut."
„Bitte sprich nicht so viel. Du musst sofort einen Arzt rufen."
„Du hast bekommen, was du verdienst. So einfach ist das, *Frank*. Zack – und aus!", gluckste Imogen.
Nebenan begann der Junge zu plärren wie am glühenden Spieß. Mein Arm tat furchtbar weh. Bei mir lagen zwei tote Männer. Es war ganz natürlich, dass mir nicht sofort aufging, was meine Freundin da gerade gesagt hatte. Ein Wunder, dass es mir nicht völlig entging. Doch dann machte es ‚Klick'.
„Frank? Aber er heißt – hieß – doch Gernot, oder? Gernot!", krächzte ich. Mein Verstand wollte nicht begreifen. Das konnte ich doch nicht auch noch ertragen. Nicht noch das!
„Ach Klara, wie er jetzt so ruhig da liegt, sieht er aber genauso aus wie damals Frank. Ich … bin wohl doch etwas … mitgenommen. Da hab ich die zwei glatt verwechselt. Bei Frank musste ich allerdings fünfmal zuschlagen, bis er so ruhig lag. Damals hatte ich noch nicht soviel Power wie heute."
„Aber … wieso? Du hast Frank Killian doch so geliebt!"
„Ja!", rief sie mit funkelnden Augen. „Ich habe ihn geliebt – du hast ihn geliebt – bestimmt hat Elisa ihn auch geliebt!"
„Elisa? Elisa … Gruber?", mutmaßte ich nach kurzem Erinnern.
„Genau. Elisa Gruber, mit der er noch in derselben Nacht schlief, in der er mich entjungfert hatte. Auf seiner grandiosen Party. Er dachte, es würde nicht herausbekommen. Oder es war ihm egal – so wie du und ich und Elisa ihm egal waren. Eine Woche später wusste ich es bereits – Schulhofklatsch. Und noch eine Woche später brauchte ich Franks Existenz nicht mehr zu ertragen."
„Du hast also bei der Suchaktion nur so getan, als ob du ihn zufällig entdeckt hättest."
„Ja. Ich hatte alles genau geplant. Nur mit den Fliegen hatte ich nicht gerechnet … mit den verdammten gefräßigen Fliegen!"
Imogens Gesicht schien mir zum ersten Mal seit viel zu vielen Tagen etwas sanfter – und menschlicher – geworden zu sein.
„Verstehst du, Klara? Ich hasste und jagte Fliegen, weil sie mich ständig an meine Schuld erinnerten. Jedes Mal, wenn ich eine sehe, juckt es mir wie verrückt in der Nasennebenhöhle, aus der sie mir damals diese fette, zappelnde Fliege entfernten – die vorher an Franks Gesicht gefressen hatte – über all die Jahre hängt der Geruch, der ihm anhaftete, in meiner Nase. Ich ließ die Fliegen bezahlen für etwas, dass ich getan habe. Und jetzt … werde ich dafür bezahlen …"
„Doch nicht etwa mit deinem … Leben?"
„Ha! Wenn es nur so simpel wäre. Wenn ich doch nur sterben könnte. Nein, die Rote Fliege wird das nicht zulassen. Es wird viel schlimmer kommen!"

♦

Das mit dem Sterben sah ich etwas anders. Ich war mir sicher, dass Imogen nämlich genau das gerade widerfuhr. Sie verblutete …

Obwohl sie mich in den letzten Wochen so gemein behandelt hatte, stieg Verzweiflung in mir hoch. Eine so lange und enge Freundschaft vergeht eben nicht so schnell. Ich umarmte sie und stützte sie, so gut es eben mit meinen Gipsarmen ging. Mehr konnte ich sowieso nicht für sie tun. Etwas musste ich aber noch wissen, bevor sie starb.
„Hast du Frank damals wirklich kaltblütig ermordet – einfach so?"
„Nein! Das nicht. Du weißt ja, dass ich früher ein zartes Persönchen war."
„Allerdings."
„Da hätte ich mir bestimmt eine andere Mordmethode einfallen lassen. Gift vielleicht. Weißt du, als ich Frank zur Rede stellte wegen Elisa Gruber, lachte er. Und als ich ihn anschrie, lachte er umso schallender – und stieß mich grob um. Sehr grob. Erzählte mir, dass Elisa nicht die einzige war, mit der er herumgemacht hatte, während er offiziell mit mir ging. Erinnere dich: Es waren gerade mal zwei Wochen!
Er lachte und spottete weiter. Da sah ich einen Ast neben mir liegen. Einen dicken, schweren Ast. Ich war so gedemütigt – so wütend – da schnappte ich mir das Ding und sprang auf. Frank musste nur noch mehr lachen. Inzwischen hörte es sich hoch und schrill an. Das machte mir Angst. Er machte mir Angst.
‚Was willst du denn damit? Ein Wunder, dass du den Ast überhaupt hoch bekommst bei deinen zarten Ärmchen. Du willst mich schlagen? Na schön, komm schon. Ich gehe jede Wette ein, dass du dich nicht mal traust!'
Das glaubte er wohl tatsächlich. Wie zum Hohn drehte er mir sogar den Rücken zu. Dabei lachte er wieder. Noch lauter. Noch hysterischer. Ohrenbetäubend! Ich hielt das alles nicht mehr länger aus – und schlug zu, bevor ich wusste, wie mir geschah! Es lagen sehr viel Wut und Furcht in diesem ersten Hieb. Wie es der Teufel wollte, traf ich ihn an der rechten Schläfe. Sein Gelächter brach ab. Es wurde zu einem zornigen Stöhnen. Er kreiselte herum, geriet dabei jedoch bereits ins Taumeln. In seinen Augen flackerte die blanke Mordlust. Genau das war sein endgültiges Todesurteil.
Er hatte mir schon genug angetan. Umbringen würde ich mich nicht auch noch von ihm lassen! Ich schlug das zweite Mal zu – das dritte Mal – beim vierten Mal zertrümmerte ich sein Jochbein – nach dem fünften Treffer glitt mir das blutige Stück Holz aus den bebenden Händen …
Es war ein Glück für mich, dass wir uns in dem Wäldchen verabredet hatten und nicht bei einem von uns zuhause. Nie hätte ich seinen schweren Körper unbemerkt aus einer Wohnung schaffen können. Frank hatte mich absichtlich zu dem abgelegenen Plätzchen bestellt, an dem wir uns bereits zweimal zuvor getroffen hatten, um … na, du weißt schon!"
Trotz der grauenhaften Situation erwachte bei diesen Worten Imogens eine völlig idiotische Eifersucht in mir. Imogen hatte also wenigstens ein paar Mal das von Frank bekommen, das ich auch gerne mal genossen hätte! Gewusst hatte ich mir das mit dem Sex ja schon lange (zumindest was die Nacht der Party angeht), aber aus ihrem eigenen Mund zu hören, dass da noch mehr gewesen war, traf mich mehr als erwartet. Heftig schüttelte ich meinen Kopf, um das ätzende Gefühl zu vertreiben.
Imogen hatte nichts von meiner inneren Aufruhr mitbekommen und redete weiter: „In der Nähe des Tatorts fließt – oder floss zumindest zu jener Zeit – ein kleiner Bach. Franks Blut haftete glücklicherweise nur an meinen Armen und Händen, mein T-Shirt hatte wie durch ein Wunder nichts abbekommen. Ich wusch und wusch und wusch, bis der ganze rote Saft weg

war. Dann lief ich heim. Keine Ahnung, wie ich meine schreckliche Tat – auch wenn es irgendwie Notwehr war – vor meinen Eltern und allen anderen verbergen konnte. Die ersten vierundzwanzig Stunden quälten mich Gedanken, dass Frank jemand von unserem Stelldichein erzählt haben könnte. Jedes Mal, wenn es an der Tür klingelte, bereitete ich mich darauf vor, von kalt blickenden Polizeibeamten an den Ort des Verbrechens gezerrt zu werden. Doch ich hatte abermals Schwein – und irgendwann kam mir die Idee, wie ich meinen Kopf aus der Schlinge ziehen könnte.
Als Frank schließlich von seinen Eltern als vermisst gemeldet wurde und die Polizei eine Suchaktion startete, gaben Elisa Gruber (und noch irgendein Mädchen, das ich bis dahin nicht gekannt hatte und dessen Namen ich mir nie merken konnte) den Tipp, genau dort im Wald zu suchen, wo Franks Leichnam tatsächlich auf seine Entdeckung wartete.
Beide hatten mit verweinten Augen berichtet, dass sich Frank dort gerne mit ihnen getroffen hätte, berichtete einer der Polizisten, bevor wir alle losliefen. Da wurde ich wieder furchtbar zornig – und kaltblütig. Die ganze Zeit weinte ich falsche Tränen und schniefte, war nach außen hin ganz die besorgte, verängstigte Freundin. Innerlich jedoch war ich absolut kühl."
„Stimmt, ich habe dir nichts angemerkt, als wir uns alle mühselig durchs Unterholz kämpften. Was ich aber nicht begreife: Wenn du genau wusstest, wo er lag, weshalb … hast du dich dann auf ihn fallen lassen? Dieses vorgetäuschte Stolpermanöver ... finde ich echt abartig!"
„Vorgetäuscht?", japste Imogen und packte mich an den Schultern. „Nie hätte ich mich absichtlich auf seinen von Fliegen und Maden wimmelnden Kadaver fallen lassen! Aber er - lag ein paar Meter weg von der Stelle, an der ich ihn zurückgelassen hatte!"
„Du meinst …", röchelte ich.
„Ja! Scheinbar war er doch nicht ganz tot – und ist noch ein Stück weit gekrochen. Dieser arme Dreckskerl!"
„Vielleicht war das seine Rache an dir, Imogen", flüsterte ich, während meine Phantasie das scheußliche Bild des blutenden, sterbenden Frank ausspie.
Imogen schüttelte müde den Kopf. „Ach was, das glaube ich nicht. Wirklich nicht! Nein, Klara, das Problem liegt woanders: Eigentlich wäre ich mit all dem davon gekommen, wenn ich bloß nicht den Tick mit den Fliegen bekommen hätte. Ich habe sie zu ausdauernd verfolgt aus den falschen Beweggründen. Das Ritual – die Nekropole – am Ende habe ich eine Grenze überschritten und etwas Mächtiges auf mich aufmerksam gemacht."
Nebenan verstummte der Junge nach einem letzten erbarmungswürdigen Röcheln. Imogens Blick wurde fahl. „Und heute werde ich für all meine Taten zahlen. Einen grauenhaften Preis, schrecklicher als der Tod …"
Ein roter Lichtschein und das grässliche Klingeln kündigten das Kommen der dämonischen Fliege an. Mein Herz verkrampfte sich in Todesangst.
„Los, komm, Imogen. Wir müssen hier weg. Versuch doch wenigstens zu fliehen!"
Erstaunlicherweise protestierte meine verwundete Freundin nicht. Wie zwei Vergiftete taumelten wir den Flur entlang in Richtung Treppe, stöhnend und weinend und langsam wie Schnecken.
Hinter uns erwuchs ein gewaltiges Brummen. Wir drehten uns nicht um, nein, wir wankten weiter, obwohl es vergeblich war.
Das Gebrumme wurde lauter und lauter. An den Wänden zeichnete sich – uns von hinten einholend – der rubinrote Schimmer ab. Da wandte ich mich doch um, ich Idiotin. Die Rote

Fliege war schon dicht hinter uns. Gleich würde unsere kurze Flucht vorbei sein …
Völlig überraschend schnellte etwas vom Boden hoch – mein Gott, es war der Raukehlige, der sich zischend hochwarf und irgendwie das Wunder vollbrachte, die höllische Fliege genau zwischen seinen zusammenklatschenden Händen zu zermalmen!
Ja, so sah es tatsächlich für einen Augenblick aus.
Hektisch schwirrten Massen von Fliegen in den Flur hinaus, wie aus verzweifelter Sorge um ihre abnorme Anführerin.
Imogen hatte sich ebenfalls umgewandt. Ungläubig beobachteten wir, wie der schwer verletzte Einbrecher dumpf glucksend seine Hände so fest wie möglich zusammen presste. Wieder und immer wieder. Endlich knirschte es – laut und trocken.
So einfach konnte es doch nicht sein! Das war mir eigentlich klar. Dennoch spürte ich eine trügerische Erleichterung. Selbst als die normalen Fliegen an uns vorbeisausten, um den Fluchtweg nach oben zu versperren, hielt dieses Gefühl noch an.
Ein erneutes Knirschen. Raukehles Lachen erstarb. Es wurde von einem irrsinnigen Geheul abgelöst, als seine Finger regelrecht auseinander barsten. Die Rote Fliege war wieder da. Unversehrt. Völlig unversehrt! Das Knirschen war lediglich durch das Brechen der Hände entstanden, die sie kurz gefangen gehalten hatten.
„Oh Gott! Klara, was ist denn hier nur los?“, schrie Imogen weinend. „Und … was ist aus mir nur geworden?“
Sie betrachtete ihr Bild in jenem mir so verhassten Spiegelhaufen. Sie sah darin noch erbärmlicher aus als in der Realität.
„All dieser Schmutz – diese Lumpen! Sicher – ich habe getötet, aber habe ich das hier verdient? Was hat diese Fliegenbestie bloß aus mir gemacht?“
„Imogen, du kannst doch nichts dafür! Und – nein, du hast es nicht verdient!“
„Das lasse ich nicht länger mit mir machen, Klara! Sterben werde ich sowieso – aber nicht kampflos! Ich bin viel zu lange die Sklavin dieses roten Monstrums gewesen!“
Imogen umklammerte den Golfschläger fester und trat einen Schritt auf ihre widernatürliche Gegnerin zu. Unter der Roten Fliege zappelte Raukehle und erflehte grunzend einen raschen Tod. Scheinbar war sein Vorrat an Endorphinen mittlerweile erschöpft. Er musste nun unter unerträglichen Schmerzen leiden. Doch Gnade wurde ihm nicht gewährt. Seine Tat war reinste Blasphemie gewesen. Nun rückten Scharen von weiß glänzenden Maden an – hungrig, hungrig, immer hungrig –, um ihn dafür zahlen zu lassen …
„Hör zu: Ich folge dir nicht länger, Bestie! Töte mich, aber erwarte nicht, dass ich dir weiterhin gehorche. Nie und nimmer werde ich deine … deine Braut!“, fauchte Imogen, furchtbar anzuschauen in ihrem blutüberströmten Kleid. Sie hieb mit letzter Kraft nach dem infernalischen Insekt. Die Rote Fliege versuchte nicht einmal auszuweichen. Sie wurde voll getroffen und zurückgeschleudert. Doch würde sie das vernichten? Verlor sie etwa auf rätselhafte Weise aufgrund der moralischen Gegenwehr ihres Opfers ihre übernatürlichen Kräfte?
Was nun geschah, lag jenseits meiner Vorstellungskraft: Für eine Sekunde erlosch das rote Leuchten und die Fliege wurde unsichtbar. Dann jedoch erstrahlte der ganze Flur in einer regelrechten Nova – Rot aus den Tiefen der Hölle hüllte uns ein. Unmittelbar darauf folgte ein grausiger Schatten, der alle Farben auffraß. Er fegte an mir vorbei, heulend wie ein Orkan. Das letzte, was ich sah, bevor es dunkel um mich wurde, war Imogens sich duckende Gestalt. Ihre vor Furcht leuchtenden Augen verschluckte die röhrende Schwärze zuletzt.

Ein diabolisches, das ganze Haus erschütternde Krachen sandte mich endgültig in die Besinnungslosigkeit.

♦

Die Polizei wurde von einer durch den ungeheuren Lärm aufgeschreckten Nachbarin alarmiert. Zwei Beamte entdeckten mich im Keller inmitten von Toten – und Legionen sich davon mästenden Insekten. Beide Polizisten wurden nachher für einen Monat beurlaubt. Ich konnte es ihnen nachempfinden – weiß Gott!

Mich erwischte es extremer. Ein Notarzt- und ein Krankenwagen waren eingetroffen. Ich verfluchte das Schicksal dafür, dass ich bereits wieder bei mir war, als man mich auf einer Bahre nach draußen trug. So musste ich bei vollem Bewusstsein den Anblick von Imogens völlig zerschmettertem Körper aushalten. Nur ihr Gesicht war noch zu erkennen, der Rest ihres Leibes war überall im Kellerflur verteilt.

„Als ob ein Felsblock auf sie drauf gefallen wäre“, murmelte der Notarzt, während ich in einen Schreikrampf verfiel. Er mutmaßte nur, ich aber hatte begriffen, warum sie so zugerichtet worden war.

Die Gerichtsmediziner rätseln noch heute, wie Imogen eigentlich zu Tode kam. Ich weiß es. Ja, ich weiß es. Sie glich auf eine schauerliche Art den vielen sechsbeinigen Leichnamen in der Nekropole der Fliegen, wie zermalmt von einer gigantischen – *Fliegenklatsche*! Sie war mit der von ihr stets bevorzugten Waffe gerichtet worden …

♦

Die Söhne Morpheus': Vier Tote nach Einbruch!

In der gestrigen Nacht endete die durch die so genannten Söhne Morpheus' verübte Einbruchserie (wir berichteten) unerwartet und blutig.

Die mutmaßlichen Einbrecher Gernot Müller (38), Robert Zimmer (37) und Finn Frayer (21) drangen diesmal durch ein Kellerfenster in das Haus Rössler, Humbertstr. 55, ein. Bevor sie den für sie typischen Angriff mit Betäubungsgas starten konnte, wurde die Bande von der Hauseigentümerin, Imogen Rössler (36) und ihrer Freundin Klara Dautmann (36) überrascht. Es kam zu einer gewaltsamen Auseinandersetzung, deren genaue Details die Polizei momentan noch rekonstruiert. Jedenfalls fanden dabei sowohl die Hauseigentümerin als auch alle drei mit fernöstlichen Kampfsportwaffen ausgestatteten Einbrecher den Tod. Dieser Verlauf erscheint, vorsichtig formuliert, befremdlich angesichts der ungleichen Kräfteverhältnisse zwischen den beiden Konfliktparteien. Die Polizei verweigert momentan hartnäckig weitere Angaben zur Tat.

Frau Dautmann, die einzige Überlebende, wurde verletzt in ein Krankenhaus eingeliefert. Sie befindet sich außer Lebensgefahr. Man darf gespannt sein, was ihre Befragung noch ans Licht bringen wird. Vielleicht wird man danach besser verstehen, was eigentlich vorgefallen ist.

♦

Du denkst sicher, dass das Grauen damit ein Ende gefunden hätte. So einfach ist es leider nicht.

Eine Woche nach Imogens Tod gab die Gerichtsmedizin den Tatort frei zur Reinigung – und aufgrund der speziellen Verhältnisse dieses Falls erging zusätzlich ein Auftrag an einen Kammerjäger. Der beauftragte Unternehmer, ein gewisser Hendrik Thorwirt, verfügt über eine zweiundzwanzigjährige Berufserfahrung. Er hatte in diesen Jahren viel Widerwärtiges gesehen. So schnell konnte ihn nichts erschüttern.

Als ich mich jedoch nach jenem für ihn so niederschmetternden Vorkommnis mit ihm traf, wirkte er kein bisschen abgebrüht auf mich. Er trank zuviel Cognac und schaute sich dauernd gehetzt um. Wer will es ihm verdenken?
Er hat sein Gewerbe kurz nach dem Ereignis abgemeldet. Weder ihm noch seinem Angestellten, der ihn zu dem schicksalhaften Einsatz in Imogens Haus begleitete, ist es möglich, weiterhin Kammerjäger zu sein.
Die meisten Leute lachen schallend oder tippen sich vielsagend auf die Stirn, wenn Thorwirt berichtet, was vorgefallen ist. Sie können – oder wollen – ihm nicht glauben. Ich persönlich glaube ihm jedes Wort.
„Ich sage Ihnen, Frau Dautmann: Bevor wir auch nur ein einziges Mal Insektengift sprühen konnten in diesem verdammten Kellerloch, rasten auch schon die Fliegen an uns vorbei – riesige Schwärme davon. Heinz Zimmermann und ich waren wie gelähmt. Wir konnten nichts weiter tun als zu gucken. Und Tausende von Maden krochen ans vorbei – wie bei einer Truppenparade. Regimenter von Maden, ja!", sagte er zu mir und stürzte seinen Cognac hinunter wie stilles Wasser. Seinen vierten seit Beginn unseres Gesprächs.
Ich bat ihn fortzufahren.
„Lieber nicht … lieber nicht. Das glauben Sie sowieso nicht. Jeder, dem ich bisher davon erzählt habe, hält mich jetzt für total bescheuert. Freunde – und sogar die eigene Familie", meinte er, verbittert und müde. Todmüde.
„Ich nicht. Ich habe selbst zuviel Monströses in diesem Haus gesehen und erlebt", versicherte ich ihm und nahm dann einen großen Schluck von meinem Amaretto. Nicht sehr damenhaft, zugegeben – aber immerhin deutlich weniger Alkoholzufuhr als durch Cognac. Ob nun dieser Schluck oder meine Beteuerungen Thorwirt überzeugten, weiß ich nicht. Jedenfalls redete er weiter. „Also schön. Heinz und ich standen immer noch rum wie Salzsäulen, als sich die Tür zu einem Keller rechts neben uns öffnete. Darin war so etwas wie eine … Modelleisenbahn. Ich hatte als kleiner Bub auch eine – aber bestimmt nicht so eine! Kleine, grüne Laternen standen drauf – und es lagen überall tote Fliegen! Wir standen so dicht, dass alles gut zu erkennen war – die vielen winzigen Särge! Ehrlich, Frau Dautmann, so was Verrücktes hab ich noch nie gesehen! Tut mir ja leid um ihre Freundin, aber das war … pervers!"
„Und dann?", bohrte ich weiter, das „pervers" mühsam ignorierend. Thorwirt kicherte. Es hörte sich an wie das Quieken eines Ferkels.
„Dann? Dann erhoben sie sich aus ihren Gräbern – wie am verdammten Jüngsten Tag! Die Laternen brannten auf einmal rot – ein ganz widerliches Rot war das – und die ganzen kleinen Biester erwachten wieder zum Leben! Das Geräusch des schmelzenden Klebstoffs – das Zerreißen der Kartonsärge – da waren auch Fingerhüte, die zersplitterten – und noch andere Arten von Särgen! Nach höchstens zwei Minuten schwebte eine Wolke von auferstandenen Fliegen über dieser Miniaturlandschaft. Wie auf ein stilles Kommando flogen sie dann los – unbeschreiblich, wie ihre Flügel knisterten!"
„Mein Gott – die Nekropole – öde und leer!", entfuhr es mir. Thorwirt bemerkte es zum Glück nicht. Zu sehr war er in seiner Schilderung gefangen.
„Und da waren noch zwei ganz besondere Fliegen. Sie umschwirrten Heinz und mich. Exakt sieben Mal! Die eine war größer als eine Hornisse und grellrot – ich hab mir bei ihrem Anblick vor Angst in die Hose gepisst, Frau Dautmann, als die so nah an mir vorbeizischte. Dabei war das Vieh sogar auf eine gewisse Art wunderschön, so schreck- …"

„Die Rote Fliege!", unterbrach ich ihn. „Das war ja zu erwarten. Was war mit der anderen? Mann, reden Sie endlich!"
Hendrik Thorwirt zuckte zusammen. Er blinzelte verständnislos. Er begriff meinen ungeduldigen, aggressiven Ton nicht. Ich auch nicht …
„Die andere? Die war nicht größer als eine normale Fliege. Trotzdem schwöre ich, dass es so eine Art gar nicht gibt. Sie war weiß – weiß wie ein Brautschleier – und hatte rosa Borsten auf ihrem Kopf!"
Ich sage nichts mehr, sondern bestellte uns eine neue Runde.
Nun also wusste ich, was Imogen gemeint hatte, als sie sagte, dass es ihr nicht vergönnt sein würde, einfach zu sterben, sondern dass ihr die Rote Fliege etwas viel Schlimmeres zugedacht hatte …

♦

So, jetzt weißt auch du, was geschehen ist.
Du hast bis hierher gelesen. Viel mehr werde ich nicht mehr niederschreiben.
Warum? Nun: Ich graue Maus bin auch nach meiner Entlassung aus der Psychiatrie (als geheilt!) zutiefst verstört und verängstigt. Und so allein. Völlig vereinsamt ohne Imogen, meine beste Freundin. Ich habe endgültig genug von dieser Welt.
Vom Leben an sich.
Nach meinem Gespräch mit Thorwirt ist nach und nach eine ungeheuerliche Vision in mir erwacht. Deshalb werde ich, Klara Dautmann, jetzt gleich in Imogens Haus gehen, um zu tun, was getan werden muss ...

♦

Die Söhne Morpheus': Weiterer Todesfall

Der stadtbekannte Immobilienmakler Viktor Schmitt beging gestern Abend Selbstmord. Laut Angaben der Polizei hat er einen Abschiedsbrief hinterlassen, bevor er seinem Leben mit einer Pistole ein Ende setzte.
Als Grund dafür gibt er in dem Brief an, sich schuldig an dem Blutbad im Haus Rössler (wir berichteten) zu fühlen. Offenbar ist einer der dabei getöteten mutmaßlichen Einbrecher, Gernot Müller, durch ein Foto, das er bei Schmitt gesehen hatte, überhaupt auf die Idee gekommen, das Haus als nächstes Ziel auszuwählen. Müller und Schmitt kannten sich seit Schulzeiten. Das Foto (das Schmitt einst von seinem vor 21 Jahren unter bis heute ungeklärten Umständen ermordeten Klassenkamerad Frank Killian erhielt), zeigt dessen damalige Freundin Imogen Rössler im Wohnzimmer ihres Elternhauses. Im Hintergrund des Fotos sind mehrere Gemälde an der Wand zu erkennen, deren immensen Wert der mehrfach vorbestrafte Kunstdieb Müller sofort erkannte.

♦

Die Söhne Morpheus': Frau verschwunden

Obwohl alle Mitglieder der außergewöhnlichen Einbrecherbande schon seit einem halben Jahr auf dem Waldfriedhof bestattet sind, zieht der Fall weiterhin seine Kreise.
Nach dem überraschenden Freitod des Immobilienmaklers Viktor Schmitt vor zwei Wochen Tagen (wir berichteten) wird nun seit fünf Tagen Klara Dautmann, einzige Überlebende des Blutbads im Haus Rössler, vermisst. Bisher fehlt jede Spur von ihr. Die Polizei bittet die Bevölkerung um Mithilfe bei der Suche.

Du hast offensichtlich noch die Zeitungsartikel gelesen, den man meinen Notizen nachträglich hinzugefügt hat. Ich selbst konnte es ja nicht mehr tun.
Gerade legst du meine Aufzeichnungen weg und schüttelst den Kopf.
Bedauernd.
Angewidert.
Ungläubig.
Du begreifst vielleicht, dass ich es getan habe. Aber nicht, weshalb ich es getan habe. Mir war es damals selbst nicht bewusst. Und ich konnte es ja nicht vorher aufschreiben. Nicht im Detail jedenfalls. Die wirklich wichtigen Details stehen selbstverständlich auch nicht in dem Zeitungsartikel. Deswegen hast du sie eben auch nicht lesen können. Was für ein Pech, wirklich. Dein Pech.
Jedenfalls brach ich die verschlossene Haustür auf. Wie von einem Magnet angezogen, schlich ich mich hinab ins Kellergeschoss, jenen Ort des Blutvergießens. Mich schauderte, als ich endlich vor der verlassenen Totenstadt der Fliegen stand. Ihres Daseinszwecks beraubt, breitete sie sich trist und grau vor mir aus.
In Erinnerungen an glücklichere Zeiten versunken, mixte ich gewissenhaft Schlaftabletten und Amaretto. Beim Trinken des Giftcocktails dachte ich an die gemeinsamen Stunden mit Imogen. Zittrig kletterte ich danach auf die ehemalige Modelleisenbahn, kroch über Reihen geöffneter Gräber. Bereits deutlich benommen legte ich mich rücklings im Zentrum der Nekropole nieder. Die Schnitte mit Großvaters Rasiermesser an meinen Pulsadern waren kaum zu spüren. Während ich verblutete, stellte ich mir ganz fest Imogen vor. Imogen, glücklich und lachend.
Irgendwann, kurz vor dem Ende, vernahm ich ein schwirrendes Klingeln – Glöckchen, die lachten - Glöckchen aus Chitin - Glöckchen aus der Hölle
Und die kleinen Straßenlaternen – wie rot sie strahlten!

♦

Die Söhne Morpheus': Frau tot aufgefunden!

Klara Dautmann, einzige Augenzeugin des Blutbads im Haus Rössler, wurde heute Nachmittag tot aufgefunden. Die Frau galt seit 8 Tagen als vermisst. Ihr Leichnam wurde im Keller der Villa Rössler entdeckt. Die Polizei geht von Selbstmord aus.

♦

Ich kann das tiefe Unverständnis auf deinen Gesichtszügen lesen.
Selbstmord: Wie kann man nur?
Das denkst du anscheinend gerade.
Ich sehe dich, doch du – du siehst mich nicht!
Hier oben an der Decke hänge ich und schaue auf dich hinunter. Nun lasse ich mich fallen und fliege in sicherer Entfernung an dir vorbei. Du bemerkst nichts. Und selbst wenn, sähest du nur eine kleine, harmlose Fliege. Mausgrau.
Meine Färbung ist nicht so auffällig wie Imogens
Imogen sitzt übrigens auf dem Schrank …
Es gibt in der Tat ein Leben nach dem Tod, Zweibeiner – zumindest wenn man den Richtigen darum bittet und sich nicht scheut, ihm das eigene Fleisch darzubringen.
Nähre die Schwärme, nähre die Legionen mit dir selbst – und du wirst erhört werden.
Und dir wird vergeben werden.
Auf sechs Beinen sollst du wandeln und dich in die Lüfte erheben.

Und vielleicht erfährst du – wie Imogen und ich – die besondere Gnade, dazu erwählt zu werden, die Zahl der Schwärme dadurch zu mehren, indem du Seine Segnung empfängst und Seine Eier ablegst, damit Seine Brut gedeihe. Als Braut von Beelzebub, dem Herrn der Fliegen.

O Herrscher Beelzebub!

O Kaiser Beelzebub!

O Gemahl Beelzebub, dessen köstliche Gestalt die Rote Fliege ist!

Lieferbare Bücher (Stand 2012):

Blut für Zorphollus Phantastische Geschichten
Beelzebubs Brut Horrorgeschichten
Das Lächeln der Hölle Horrorgeschichten

Weitere Bücher sind in Vorbereitung.